洪範文學叢書㊼

鄭愁予詩集

壹：一九五一——一九六八

鄭愁予

洪範書店印行

次　目

第九輯 五嶽記

第一輯　微塵集

老水手

不是爲了
難堪的寂寞
和打發一些
遲暮的情緒
你提着舊外套
張着
困乏而空幻的眼睛
你上岸來了
你不過是
想看一看
這片土地

這片不會浮動的屋宇
和陌生得
無所謂陌生的面孔

對着這細雨的黃昏
靜靜的城角
兩排榕樹掩映下的小街道
你不懂
但你很熟悉
你翻起所有的記憶
也許突然記起
兒時故鄉的雨季吧
哎——
故鄉的雨季
你底心也潤濕了

水　故鄉和女人
在你生活中
已不能分離
你同樣渴念
也同樣厭棄
但你沉默
而你的沉默就是筆
在你
所有踏過的港口上
在你底長眉毛
和嘴角的縐痕上
你寫着詩句……

我們讀不出
這些詩句
但我們聽得見
這裏面有隱隱的
憂鬱與啜泣。

——馬公城

想望

推開窗子
我們生活在海上
我們笑在海上
我們的歌聲也響亮在海上……
那遠處的沙岸，鷗鳥和旗
那帶着慰問和離緒的
出出進進的檣帆，我愛呀
海浪打傲了我的生活
推開窗子
我們生活在海上
我猜想

窗扉上是八月的島上的叢蔭
但啊，我心想着那天外的
陸地——

我想着那邊城的槍和馬的故事
北方原野上高粱起帳的季節
我想着
那灰色的城角閃金的閣樓
一步一個痕跡的駱駝蹄子
而我也想着江南流水的黃昏
湘江岸上小茶館的夜
和黔桂山間抒情的角笛……。
（啊，回憶是希望的蜜啊！）

但，推開窗子
我們生活在海上
夕陽已撒好一峽密接的金花，像長橋
搭向西方，搭向希望。

旅夢

我從雨地來
這裏，已晴得很久
道上飛揚着沙土
太陽下的池塘閃着金光

我從雨地來
我底眼還濕潤着
像車上的窗玻璃
靜臥着長串的水珠
我想：我該看見那片土地了
榆樹圍成廣大的打麥場

車停處，妻從樹下奔來
我想，孩子也已長大了
在堦上，正扶着老母向我張望
然後我們默默擁抱着
以帶淚的眼頻頻問詢
然後，我們曾交換簡單的言語
把異地的塵土，抖落在自己的家門
車向前途顚簸着
我底心在焦急地躍動
我想，久別的村子是近了
翻過前面禿禿的山崗
也許還要爬過一道橋樑
我想，那碾臺吱吱的聲響
我將聽見……

哎，我從雨地來
我底眼是濕潤而模糊的
這裏是誑人的風沙的晴季
不必讓我驚醒吧
我仍走在異鄉的土地……

神曲

春來啦
冬眠的人呀，看花吧，而且折花吧
櫻花祇有五日，桃李也不長久
春神旋舞過山林莽野
也低徊在你小小的宅第了
你的蘿牆，你的窗
你如蓓蕾未綻的雅淡的眉尖

春神是一等諂媚的神
她取悅你以聲音，以彩色
以香噴噴的空氣

與暖和和的溫度
泥土軟得像糕，誘你，等着你
草地像水菓盤子
小溪像酒，像乳，像愛你的人叫名字
於是……
你打開門了
滿懷的感恩與幸福
工作，工作呀，爲了生存，生命的延續
你是撒種的，你是放羊的
你是與春光嬉逐去談戀愛的
然而……
又有誰聽到關門的聲音

又有誰聽到春神與喪神竊竊的私語呢？
一椿殘酷的交易進行着
我們，已被寫進賣身契了
「當然，他們已支付了他們的年華
春的質料是時間，永遠兌換，絕不給予」
春神，這一等狠心的神
這一等的奸商如此保證着

生命中的小立

我苦惱於溪中清亮的影子
黯然間撕碎隔夜的薔薇
色與香已和漣光共逝了
——我倚着橋欄小立。

凝望遙遠的雲天
我驕傲我跳出灰塵的海：
「眼神和低語」
「堆滿叮嚀的別離」
我不再用口哨吹奏這些憂鬱
——我倚着碼頭小立。

把千萬句話語
千萬張日曆上出納的感情
化一個沉默
伸出右手
有微微豎琴掙斷的絃音
——我在十字架前小立。

哎，刻着
「殞星美麗
　笑着殞落的星星更美麗」
拍拍兩肩的歲月
抖落一身塵土
——我底靈魂
　撫着我底墓碑小立。

貝殼

那血肉鑄築的城池　像龍宮一樣
隱閉堂奧於海底
於是　滿身斑斕的年輪啊
唯有水族們相互地數着

多少彩色的歲月
層層地包成生命的蕾
盼望一次海嘯來
我們便怒放生命的全花
在沙灘上

我們多欣然在陽光下
從容就死
熱切於呈獻的——
卽骨格也是寶石
卽臟器也是舍利
卽一聲叱咤也是忠義

那時
縱然被孩子們任意撿拾
巧匠裝成虛幻的盆景
也許僅爲鑲作少女的胸飾吧
或僅刻一個親暱的名字……
而縱使成爲一種靜物
我們要怒放生命的全花

在沙灘上
將有潮汐亘古地拍擊
雷電光榮地閃耀
代代的漁歌歡唱下
這些原始的家屋啊
將被歷史遷入

自由底歌

我所知道的，
都是些古老的事了：
我像從墓地醒過來……

是否你們都相信黑色的謊言，
如出自鸚鵡底嘴角呢？
我所記得的是一個美的概念，
它也有完整的形象，
如我屋頂的碑；
也有成排與成行的字體，
然而，那已是模糊的了。

我知道大風暴的夜裏，
我如碎了殼的蝸牛蜷曲着，
當宇宙的主權被
陽光以彩虹換來的時候，
我是醒了，如一株苗……
而那時
有卸了甲胄的騎士，
有放下絃子的歌人，
正忙過一個暴君的葬禮而休息……
那該是萬民憎惡而喜悅的葬禮啊！
而這些
眞的都是古老的事了麼？

眞理的歌

有人叫我幸福，叫我歡樂，
而我是沒有名字的。
我只有深深的脚印，
而祇印在歷史的路上。

我常走在人類的災難之後，
在貧瘠的土地上，我撒種，
在血濃的地方便開出花來，
而那花也是沒有名字的。

若是你竟「愚蠢」的以我

爲你一閃生命的綴飾，
我常常是死亡，使你戰慄。
若是，你竟固執你底「愚蠢」，
你呀，你就是我的名字，
一步步印上了歷史！

娼女

我認得出妳，妳是東街的娼妓，
曾爲孩童們嘲罵追逐過……
我看見妳走進矮門的百貨店，
買了盒廉價粉，又低頭走出來……

妳用蘊有着遲疑的倉促的脚步
拐向街隅的小巷，一閃，
那褪色的花裙不見了。

那兒沒有妳底家，和妳底親友。
那條陋巷是汚濁而泥濘的，
然而，妳卻像覓見了草塘的孤雁，

向這車輪衣角的大街
投下自安的一瞥……

我說，都市的律法不是妳的，
都市的文明也不是妳的，
通衢上僅有微弱的陽光
也不是妳的呀。
為了怕見更多的人眼的妳，
繞行了小巷，
那麼，都市的甚麼是妳的呢？
揣想妳在夕陽裏撲粉的心情，
揣想着孩童們嘲罵時妳的記憶，
年華，田園，遙遠了的一切啊……
那麼，還有甚麼是妳的？

騎電單車的漢子

每個黃昏他必馳過，這一列街屋
戰爭年代的倚門婦人
愛看急急的行色
歪帽子的風塵

這是哪兒來的漢子呢？
不出征的男兒
電單車馳過戰爭年代的黃昏
倚門的婦人
咀嚼着！

武士夢

——軍校入伍期滿對鏡而作

想起塞邊的小潭被黑鬢的山羊獨飲
啊，對着鏡子，鬍碴兒也黑了
腰間，閃着佩劍
成年來到的時候
失落得眞够多
可終究，那武士的夢
已完成了
除卻眸子更深沉

依稀是兒時的風沙與刀馬
還依稀是童年的誓言
去！殺漢奸……。

大農耕時代

我愛月姐兒的園藝
是分植有個性的山影于水中的
驀記起這是大農耕時代
多着單一栽培的植物——

那海岸上的浪花帶，它是的
辛苦了忙着收割的漁人
逐浪逐花割取血肉的果實
那四十磅白報紙上的鉛字，也是的
卻辛苦了領薪水的文化鑑賞家
以尺子和顯微鏡研究每個細胞的染色素

颱風板車

阿爹，阿爹，要上坡啦
風頂着頭蓋着臉雨水眞眞大
你要用力往上拉
我在後頭推着越推越害怕

風更大雨更大上坡更斜啦
板車一寸一寸往上爬
汗水雨水從臉上一起灑
阿爹呀，用力拉，千萬不要鬆一下

我兩臂酸了用肩扛
我兩腿累了曲着行
阿爹你叫我阿牛我高興
可是我沒有水牛那麼能

世界這麼大怎麼只有我們兩個人
連烏鴉也不來叫一聲
板車越爬越慢，越有千斤重
阿爹啊，千萬不能讓它停

板車越重越是爬不動
阿爹的胸已和地面貼了平
這最後一秒要是撐不住
板車滾下高坡就要人的命

風更大啦！……
雨更大啦！……
阿爹呀！……
板車停下來啦！……
哎呀！停下來啦！……
我的骨頭……要……散……了……
這個當口一根頭髮千鈞重
忽然衝出一羣小學生
他們揹着書包赤着脚
左邊三個右邊四個把板車夾在當中
推呀！推呀！他們大聲喊
用力！用力！他們眞是够勇猛
「好！」

我的眼流着淚嘴里霹靂似的叫出聲

可是阿爹不聲不響讓我心里驚
大家一齊用力，板車終於到了頂
可是阿爹卻趴在地上臉色轉了青

小學生歡呼着回家啦
風雨還正大
阿爹慢慢坐起來終於說了話
阿牛啊，前面……就要……
下坡啦！
你看……
咱們！……
還……
行嗎？

命運

我不能要求
我擲下的兩個骰子
是一顆紅心，或者
是十三個黑色的痲點。
只要它不滾出那隻
無數曲線拱成的碗，
則我一朝疲倦的手
便不再因尋找而僵冷。

當我復活的時候

我臨死的時候，
一切都充實了，我覺得……
我贈給世界最後的一句詩，
我將萬分的得意。
而當我復活的時候，
我發現那幼稚的思想，
和可笑的音節啊！
於是，我又把它撕了。
然而，我一旦死去，
我便不再復活……。

捲簾格

三月夜的天原上，無數城堡的界石閃亮着；
我們都在猜，哪一個星座是妳的故鄉。

人家說，來自仙禽座的姑娘愛穿鵝黃的衫子；
所以，我笑了，那不是生着翅膀的掘井人麼……

第二輯　邊塞組曲

殘堡

戍守的人已歸了，留下
邊地的殘堡
看得出，十九世紀的草原啊
如今，是沙丘一片……

怔忡而空曠的箭眼
掛過號角的鐵釘
被黃昏和望歸的靴子磨平的
戍樓的石堞啊
一切都老了
一切都抹上風沙的銹

百年前英雄繫馬的地方
百年前壯士磨劍的地方
這兒我黯然地卸了鞍
歷史的鎖啊沒有鑰匙
我的行囊也沒有劍
要一個鏗鏘的夢吧
趁月色，我傳下悲戚的「將軍令」
自琴弦……

一九五一，野店

野店

是誰傳下這詩人的行業
黃昏裏掛起一盞燈

啊，來了——
　有命運垂在頸間的駱駝
　有寂寞含在眼裏的旅客
是誰掛起的這盞燈啊
曠野上，一個朦朧的家
微笑着……
　有松火低歌的地方啊

有燒酒羊肉的地方啊
有人交換着流浪的方向……

一九五一

牧羊女

「那有姑娘不戴花
那有少年不馳馬
姑娘戴花等出嫁
少年馳馬訪親家

哎——
那有花兒不殘凋
那有馬兒不過橋
殘凋的花兒呀隨地葬
過橋的馬兒呀不回頭……」

當妳唱起我這支歌的時候
我底心懶了
我底馬累了
那時——
　黃昏已重了
　酒囊已盡了……。

黃昏的來客

是誰向這邊馳來了呢
這裏有直立的炊煙
和睡意矇矓的駝鈴
你也許是來自沙原的孤客
多情而爽朗的
邊城的孩子
你也許帶着被放逐的憂憤
擰着鞭子似的雙眉
然而，你有輕輕的哨音啊
輕輕地——

撩起沉重的黃昏

讓我點起燈來吧
像守更的雁
讓我以招呼迎你吧
但我已是老了的旅人
而老人的笑是生命的夕陽
孤飛的雁是愛情的殞星

一九五一

小河

收留過敗陣的將軍底淚的
收留過迷途的商旅底淚的
收留過遠謫的貶官底淚的
收留過脫逃的戍卒底淚的
小河啊，我今來了
而我，無淚地躺在你底身側

沙原的風推不動你
你沉重而酸惻的嘆息
月下，一道鐵色的筋
使心灰的大地更懶了

我自人生來，要走回人生去
你自遙遠來，要走回遙遠去
隨地編理我們拾來的歌兒
我們底歌呀，也遺落在每片土地……

一九五一

琴心

我多想望妳打開百葉窗的扉子
　像睜眼的星星閃出天堂的光
我多想望妳張起那一天音符的網
　安我脚步，慰我憂傷
第一次我卸下鞍劍繫住馬
　爲妳；不是眼波，不是笑
　　只是叮噹的聲響
像酒，浸我相思
　使蒼白了的又染綠
像風，蝕我記憶

使過往的春天都覆遍落葉
離別已裝滿行囊
我已不能流浪
我寧願依着影子像草埰
夜夜，夜夜
任妳把我生命，零星地
不經意地
織進網
我多想望啊
當暮色又吸盡一天的雲彩……

第二輯　山居的日子

俯拾

臺北盆地
像置於匣內的大提琴
鑲着綠玉……
裸着的觀音山
遙向大屯山強壯的臂彎
施着媚眼
向左再向南看過去
便是有着沉沉森林的
中央山脈的前襟了

基隆河谷像把聲音的鎖
陽光的金鑰匙不停地撥弄
在雲飛的地方
我也伸長我底冰斧
爲那七彩的虹弓綴一根弦
而這歇着的大提琴
卻是世間最智慧的詞令者
對着偶來的人，緘默——。

一九五二，關渡

山外書

不必爲我懸念
我在山裏……

來自海上的雲
說海的沉默太深
來自海上的風
說海的笑聲太遼闊

我是來自海上的人
山是凝固的波浪
(不再相信海的消息)

我底歸心
不再湧動

一九五二，關渡

山居的日子

自從來到山裏，朋友啊！
我的日子是倒轉了的：
我總是先過黃昏後度黎明。

每夜，我擦過黑石的肩膀，
立於風吼的峯上，
唱啊！這裏不怕曲高和寡。

展在頭上的是詩人的家譜，
哦，智慧的血系需要延續，
我鑿深滿天透明的姓名。

唱啊！這裏不怕曲高和寡。

一九五二，關渡

落帆

啊！何其幽靜的倒影與深沉的潭心
兩條動的大河，交擁地沉默在
我底，臨崖的窗下……
啊！何其零落的星語與晶澈的黃昏
何其清冷的月華啊
與我直落懸崖的清冷的眸子
以同樣如玉之身，共游於清冥之上。
這時，在竹林的彼岸
漁唱聲裏，一帆嘎然而落
啊，何其悠然地如雲之拭鏡
那光明的形象，畢竟是縹緲而逝

我乃脫下輕披的衣襟
向潭心擲去，擲去——

一九五二，關渡

崖上

虛無在崖上時，對着我
彷彿這樣歌着……
啊——
不必爲人生詠唱，以你悲愴之曲
不必爲自然臨摹，以你文彩之筆
不必謳歌，不必渲染，不必誇耀吧！

果眞你底聲音，能傳出十里麼？
與乎你底圖畫，能留住時間麼？

然則，卽千頃驚濤，也不必慨賞

卽萬里雲海，也不必訝讚
果眞，啊！你底眼，又是如此的低微麼？
時序和方位，山水和星月
不必指出，啊，也不必想到

不必猜測，你耳得之聲
不必揣摩，你目遇之色
不必一詠三嘆，啊，爲你薄薄的存在
若是，朋友，你不曾透視過生命
來呀，隨我立於這崖上
這裏的——
　風是清的，月是冷的，流水淡得晶明。
你當悟到，隱隱地悟到
時間是由你無限的開始

一切的聲色，不過是有限的玩具
宇宙有你，你創宇宙——
啊，在自賞的夢中，
應該是悄然地小立……。

一九五二，關渡

結語

我來結束我底偈語了，
這無休止的謎呀！
想起家鄉的雪壓斷了樹枝，
那是時間的靜的力。
想起南海晨間的星子
如紫竹掩一泓欲語的流水……
山太高了，雲顯得太瘦，
何力浮得起鵬翼？只見，
一隻紅色的蟬，靜靜地蛻着，
白翅被「刹那」染黑了。
啊，妳收拾行囊的春天呀！

看我——
「二十餘年成一夢
此身雖在堪驚！」
能否，我隨着你
早一點兒離去，
早一點兒離去！

一九五二，關渡

探險者

靜，從聲音中走出來，
這兒的山，和低流的水，
葛里克達的夜，
我們底車停了。

帳蓬如空懸的鼓，
鼾聲輕輕摸響它；
愛靜的蕃社的精靈們，
不安地躍上樹梢搖晃着。

啊，這兒的山，高聳，溫柔。

樂於賜予，
這兒的山，像女性的胸脯，
駐永恒的信心於一個奇蹟，
我們睡着，美好地想着，
征一切的奇蹟於一個信心。

一九五五

紅的，藍的

像已死的螺貝們仍陳列於海灘的
紅的，藍的（屍體）……
像歷史仍標示着那已打完了仗的
紅的，藍的（箭頭）……
我，流浪得如此奔疲，
　仍要記着
　那兩瓣唇底紅菱
　和眼睛底藍的海……

北投谷

月遺落遍地的影子，
雲以纖手拾了去，
夜是濃濃的，溫溫的，像蓬鬆的髮。
銀河在這裏曳下了瀑布，
撒得滿山零碎的星子，
北投，像生了綠苔的酒葫蘆，
這小小的醉谷呀，太陽永不升起來。

港邊吟

雨季像一道河，自四月的港邊流過
我散着步，像小小的鮀魚
穿游在路旁高大的水藻間
我吹着水泡，一面思想，一面遊戲——

我思念，晴朗的日子
小窗透描這畫的美予我
以雲的姿，以高建築的陰影
以整個陽光的立體和亮度
除圓與直角，及無數
耀耀的小眼睛，這港的春呀

繫在旅人淡色的領結上
與牽動這畫的水手底紅衫子
而我遊戲，乘大浪擠小浪到岸上
大浪咆哮，小浪無言
小浪卻悄悄誘走了沙粒……

小溪

偃臥在羣草與衆花之間
浮着慵悃的紅點和流着年輕的綠
像是流過幾萬里，流過幾千個世紀
在我憂鬱的眼神最適宜停落的線上
像一道放倒的籬笆
像彩帶束着我小園底腰

當我散步，你接引我底影子如長廊
當我小寐，你是我夢的路
夢見古老年代的寒冷，與遠山的阻梗
夢見女郎偎着小羊，草原有雪花飄過

而且，那時，我是一隻布穀
夢見春天不來，我久久沒有話說

殞石

小小的殞石是來自天上，羅列在故鄉的河邊
像植物的根子一樣，使綠色的葉與白色的花
使這些欣榮的童話茂長，讓孩子們採摘
這些稀有的宇宙客人們
在河邊拘謹地坐着，冷冷地談着往事
輕輕地潮汐拍擊，拍擊
當薄霧垂縵，低靄鋪錦
偎依水草的殞石們乃有了短短的睡眠
自然，我常走過，而且常常停留
竊聽一些我忘了的童年，而且回憶那些沉默

那藍色天原盡頭，一間小小的茅屋
記得那母親喚我的窗外
那太空的黑與冷以及回聲的清晰與遼濶

七月

蝟集的星，瘦的雲，呀，缺乏水份的思想，
我們，都擠不出，這七月的密度。
重磅的謊言，落向人間，
開花的熱浪，興起人間的渴念，
於是藍天微扯起裙角，
一絲兩絲的風，誘人們以綠色。

小巷如醉漢的脈搏，
七月的熱量如血，
而這一串頂着開花太陽的
七月日子的大行列呀，

已走過我們底前院啦。
縱是脚步輕盈，
我們，卻耽於彼之密度裏安睏了，
獨案上撕日曆的手，
才清醒地
把一份期待舉起。

三年

阿拉伯宮的神話早已結尾了，
何我們千百個窗戶的籬笆
仍無一扇門？
牽牛花的手握着綠意輕然伸過去，
流螢悄悄飄過去，
落葉摟着風也舞過去了，
聖誕的小鈴鐺，又搖過一串祝福，
何我們千百個窗戶的籬笆
仍無一扇門？
寒暄，是駕以微笑的初馭者，

當然不同於我們輕車熟徑的相顧，
卽招呼也該有個邏輯的手勢呀，
　自然不是我們無意的眼神。

我才知道，有更長於一千〇一夜的童話：
　牽牛，螢火，落葉——
啊，已三代了的生命，而我們
　何其大方地吝嗇着呀！
聖誕，天開了，又是一個聖誕，
何我們千百個窗戶的籬笆
仍無一扇門？

愛，開始

自從愛情忸怩地開始，小蓮莉，
你生命底盈盈的眼，才算迷人了，
喲，十七歲，好一個動人的初戀呀。

春天日深，眉叢也更濃，
相思不也重了麼？
自從愛情忸怩地開始，
喲，小蓮莉，好一襲珠綴的長裙呀。
引起宇宙間最最綺麗的追踪：
追踪你的
那七星的永恆的光亮；

追踪你的
那一週的七個日子；
追踪你的
那七根絃上的戀歌；
追踪你的
那年青的七個心竅的狂熱；
追踪你的，喲，蓮莉呀，
妳不讓曳揚在脚後的長裙垂落麼？
當你跑上生命最高的海拔，
那時，你甚麼也不看見，
那時，將是一片雲海了……

島谷

衆溪是海洋的手指
索水源於大山……
這裏是最細小的一流
很清，很淺，很活潑與愛唱歌

山崖高得難以仰望
植物們靜靜地倒掛
中午的陽光一絲絲透入
遠處以雲灌溉的森林
沉沉地如含一份洪荒的雨量

蔭影像掩飾一個缺陷
把我們駐紮着文明的帳蓬掩蔽

第四輯　船長的獨步

海灣

瀚漠與奔雲的混血兒悄步於我底窗外，
這潑野的姑娘已禮貌地按下了裙子。
可爲啥不抬起你底臉，
　你愛春日的小瞌睡？
你不知岸石是調情的手，
正微微掀你裙角的彩綺！

一九五四

我以這輕歌試探你

說海島是海洋的隱宮，
　夏夜是隱宮的重幃；
說遠來的河道是隱宮的曲徑，
　小魚的泡沫是我的足音。
我呀，撩不開這重幃，
　卻感到你微微地噓息。

我想以這輕歌試探你，
我聽過你的鈴聲，你的槳聲。
你悄悄地自言自語……

一路上我拾着貝殼，
像採集着花束向你走近；
呀，你使我如此地驚喜，
原來竟是這麼個黑裙的小精靈。

小小的島

你住的小小的島我正思念
那兒屬於熱帶，屬於青青的國度
淺沙上，老是棲息着五色的魚羣
小鳥跳響在枝上，如琴鍵的起落

那兒的山崖都愛凝望，披垂着長藤如髮
那兒的草地都善等待，鋪綴着野花如菓盤
那兒浴你的陽光是藍的，海風是綠的
則你的健康是鬱鬱的，愛情是徐徐的

雲的幽默與隱隱的雷笑

林叢的舞樂與冷冷的流歌
你住的那小小的島我難描繪
難繪那兒的午寐有輕輕的地震

如果，我去了，將帶着我的笛杖
那時我是牧童而你是小羊
要不，我去了，我便化做螢火蟲
以我的一生爲你點盞燈

一九五三

船長的獨步

月兒上了，船長，你向南走去
影子落在右方，你祇好看齊

七洋的風雨送一葉小帆歸泊
但哪兒是您底「我」呀
昔日的紅衫子已淡，昔日的笑聲不在
而今日的腰刀已成鈍錯了

一九五三，八月十五，基隆港的日記
熱帶的海面如鏡如冰
若非夜鳥翅聲的驚醒

船長，你必向北方的故鄉滑去……

一九五四

貝勒維爾

你航期誤了，貝勒維爾！
太耽於春深的港灣了，貝勒維爾！
整個的春天你都停泊着
說要載的花蜜太多，喂，貝勒維爾呀：
貿易的風向已轉了……
大隊的商船已遠了……

陸地和海搶去所有的繁榮
留這一涯寂寞給你
今年五月的主人，不是繁花是戰爭
你那升火的漢子早已離去

貝勒維爾呀，哎，貝勒維爾：
帆上的補綴已破了……
舵上的青苔已厚了……

一九五四

水手刀

長春藤一樣熱帶的情絲
揮一揮手即斷了
揮沉了處子般的款擺着綠的島
揮沉了半個夜的星星
揮出一程風雨來

一把古老的水手刀
被離別磨亮
被用於寂寞，被用於歡樂
被用於航向一切逆風的
桅蓬與繩索……

一九五四

如霧起時

我從海上來，帶回航海的二十二顆星。
你問我航海的事兒，我仰天笑了……

如霧起時，
敲叮叮的耳環在濃密的髮叢找航路；
用最細最細的噓息，吹開睫毛引燈塔的光。

赤道是一痕潤紅的線，你笑時不見。
子午線是一串暗藍的珍珠，
當你思念時卽爲時間的分隔而滴落。

我從海上來，你有海上的珍奇太多了……

迎人的編貝，嗔人的晚雲，
和使我不敢輕易近航的珊瑚的礁區。

一九五四

晨景

新寡的十一月來了，
披着灰色的尼龍織物，啊！雨季。
不信？十一月偶現的太陽是不施脂粉的。
港的藍圖矖不出一條曲線而且透明，
一艘乳色的歐洲郵船，
像大學在秋天裏的校舍，
而像女學生穿着毛線衣一樣多彩的
紅、黃、綠的旗子們，正在——
哎哎，一定是剛剛考進大學的女學生，
多是比較愛笑，害羞，而又東張西顧的。

一九五四

星蝕

一九五三年，啊，竟有了兩次，
月亮在白晝插足於地球與太陽之間，
那是日蝕了，像我們幽暗的小別。
今年還不能計算出尚有多少月蝕，
那失去清輝的時辰像小小的魘夢。
但在我的曆上有那麼個藍色的夜晚，
永被記憶也僅逢一次的是你：
悄悄的，一分鐘的，當翹起薄薄的唇的，
星蝕——
刹時宇宙凝定了，我失去了呼吸……。

小詩錦

恕我巧奪天工了，
我欲以詩織錦……

調皮的眼神如星，
含蘊的笑像月。
垂落於錦軸兩端的，
美麗——是不幻的虹；
那居爲百色之地的：
是不化的雪——智慧。

恕我以詩織錦，

我欲巧奪天工了……
綴無數的心爲音符，
割季節爲樂句；
當兩顆音符偶然相碰時，
便迸出火花來，
呀！我底錦乃有了不褪的光澤。

一九五三

相 思

我底，
你底，
在遙遠的兩地，
卻如對口的剪子
絞住了……。
莫放進離愁吧！
莫放進歡愉吧！
祇要輕輕地
把夢剪斷
你一半，我一半……。

戀

傳說：
宇宙是個透藍的瓶子，
則你的夢是花，
我的遐想是葉……

我們並比着出雲，
人間不復仰及，
則彩虹是垂落的菀蔓
銀河是遺下的枝子……

除夕

十九個教堂塔上的五十四隻鐘響徹這小鎮，
這一年代乃像新浴之金陽轟轟然昇起。
而萎落了的一九五三年的小花，
僅留香氣於我底箋上。

這時，我愛寫一些往事了：
一隻蝸牛之想長翅膀，
歪脖子石人之學習說謊，
和一隻痲雀的含笑的死；
與乎我把話梅核兒錯擲於金魚缸裏的事。

一九五四

晚虹之逝

我是圓心，我立着，
太陽在我頭頂的方位劃弧。
我是海的圓心，我立着，
最淺的藍在我的四周劃弧。
我在計算兩個極點，
把一道天然的七彩弧放在西方，
但黃昏說是冷了！
用灰色的大翻襟蓋上那條美麗紅的領帶。

一九五四

雪線

廊上的風的小脚步踩着我午睡的尾巴，
一枝藤蔓越窗了……
我採一個守勢，將鏡子掛在高處。
對了，我要我小雪山的夢呢！
別離的日子刻成標高；
我的離愁已聳出雲表了。

所以，我是雪線以上的生物。
春的睫毛竟掩上我的窗，
如果說白眼球算得詛咒，
哪哪，我把鏡子掛在高處。

一九五五

晚雲

七月來了，七月的晚雲如山；
仰視那藍河多峽而柔緩。

突然，秋垂落其飄帶，解其錦囊：
搖擺在整個大平原上的小手都握了黃金。

又像是冬天，
匆忙的鶺鴒們走卅里積雪的夜路，
趕年關最後的集……

一九五四

鐘聲

七月來了，七月去了……
七月遺下我們。
八月來了，
八月臨去的時候
卻接走那個賣花的老頭兒……
於是，小教堂的鐘，
安詳地響起，
穿白衣歸家的牧師，
安詳地擦着汗，
我們默默地聽着，看着
安詳地等着……

終有一次鐘聲裏，
總有一個月份
也把我們靜靜地接了去……。

一九五四

第五輯　夢土上

雨絲

我們底戀啊，像雨絲，
在星斗與星斗間的路上，
我們底車輿是無聲的。

曾嬉戲於透明的大森林，
曾濯足於無水的小溪，
——那是，擠滿着蓮葉燈的河床啊，
是有牽牛和鵲橋的故事
遺落在那裏的……

遺落在那裏的——

我們底戀啊，像雨絲，
斜斜地，斜斜地織成淡的記憶。
而是否淡的記憶
　就永留於星斗之間呢？
如今已是摔碎的珍珠
流滿人世了……。

一九五〇

歸航曲

飄泊得很久，我想歸去了
彷彿，我不再屬於這裏的一切
我要摘下久懸的桅燈
摘下航程裏最後的信號
我要歸去了……

每一片帆都會駛向
斯培西阿海灣（註）
像疲倦的太陽
在那兒降落，我知道
每一朵雲都會俯吻

汨羅江渚，像清淺的水渦一樣
在那兒旋沒……

我要歸去了
天隅有幽藍的空席
有星座們洗塵的酒宴
在隱去雲朵和帆的地方
我的燈將在那兒昇起……

（註）斯培西阿海灣：雪萊失蹤處

一九五一

鄉音

我凝望流星，想念他乃宇宙的吉普賽，
在一個冰冷的圍場，我們是同槽拴過馬的。
我在溫暖的地球已有了名姓，
而我失去了舊日的旅伴，我很孤獨，

我想告訴他，昔日小棧房炕上的銅火盆，
我們併手烤過也對酒歌過的——
它就是地球的太陽，一切的熱源；
而爲甚麼挨近時冷，遠離時反暖，我也深深納悶着。

一九五四

偈

不再流浪了，我不願做空間的歌者，
寧願是時間的石人。
然而，我又是宇宙的遊子，
地球你不需留我。
這土地我一方來，
將八方離去。

一九五四

定

我將使時間在我的生命裏退役，
對諸神或是對魔鬼我將宣佈和平了。

讓眼之劍光徐徐入韜，
對星天，或是對海，對一往的恨事兒，我瞑目。
宇宙也遺忘我，遺去一切，靜靜地，
我更長於永恒，小於一粒微塵。

一九五四

客來小城

三月臨幸這小城，
春的飾物堆綴着……
悠悠的流水如帶：
在石橋下打着結子的，而且
牢繫着那舊城樓的倒影的，
三月的綠色如流水……。

客來小城，巷閭寂靜
客來門下，銅環的輕叩如鐘
滿天飄飛的雲絮與一階落花……

一九五四

錯誤

我打江南走過
　那等在季節裏的容顏如蓮花的開落

東風不來，三月的柳絮不飛
你底心如小小的寂寞的城
恰若青石的街道向晚
跫音不響，三月的春帷不揭
你底心是小小的窗扉緊掩

我達達的馬蹄是美麗的錯誤
我不是歸人，是個過客……

一九五四

港夜

遠處的錨響如斷續的鐘聲，
雲朵像小魚浮進那柔動的圓渾……。

小小的波濤帶着成熟的慵懶，
輕貼上船舷，那樣地膩，與軟。

渡口的石階落向幽邃，
這港，靜得像被母親的手撫睡。

燈光在水面拉成金的塔樓。
小舟的影，像鷹一樣，像風一樣穿過……。

一九五三

夢土上

森林已在我脚下了，我底小屋仍在上頭，
那籬笆已見到，轉彎卻又隱去了。
該有一個人倚門等我，
等我帶來的新書，和修理好了的琴，
而我祇帶來一壺酒，
因等我的人早已離去。

雲在我底路上，在我底衣上，
我在一個隱隱的思念上，
高處沒有鳥喉，沒有花靨，
我在一片冷冷的夢土上……

森林已在我脚下了，我底小屋仍在上頭，
那籬笆已見到，轉彎卻又隱去了。

一九五四

風雨憶

露重了，
夜百合開了；
我底眼睛睜得大大的，亮亮的，想你……
想如穗落的日子，想那些小事，
想你在風中掠着短髮的小立之姿，
想你扯着裙角說，我累了，
就在山腰上找塊石頭坐下來……。

記得河邊風雨的小徑，
你挑燈挽我夜行，
風由竹林奪去你手上的光，

我笑了，因我誇言我底眼是燈，
要走，你必靠我扶持，
記得你賭氣淋着雨，說：
我寧願回去……。
　露太重了，像淚珠滾下唇邊，
　百合花的嘴張得太大，像在驚訝。
尙憶及我們湘水的橫渡，
南來的風突吹落我們底傘，
小舟祇是斷橋，浪太大了又有何用？
尙憶及你黯然地說：
　傘落了，像別離一樣，
　我們都失去了依靠……
哎，風雨的日子對我們太長了，
傘落之後，我們都像濕土的葵蓮，

各懷着陽光的夢等待……
等待，等待
而，朋友啊！你說這些不都是小事麼？
是的——
露珠就這樣乾了，
百合就這樣謝了……。

賦別

這次我離開你，是風，是雨，是夜晚；
你笑了笑，我擺一擺手
一條寂寞的路便展向兩頭了。
念此際你已回到濱河的家居，
想你在梳理長髮或是整理濕了的外衣，
而我風雨的歸程還正長；
山退得很遠，平蕪拓得更大，
哎，這世界，怕黑暗已眞的成形了……
你說，你眞傻，多像那放風箏的孩子
本不該縛它又放它

風箏去了，留一線斷了的錯誤：
書太厚了，本不該掀開扉頁的；
沙灘太長，本不該走出足印的；
雲出自岫谷，泉水滴自石隙，
一切都開始了，而海洋在何處？
「獨木橋」的初遇已成往事了，
如今又已是廣濶的草原了，
我已失去扶持你專寵的權利；
紅與白揉藍於晚天，錯得多美麗，
而我不錯入金果的園林，
卻誤入維特的墓地……

這次我離開你，便不再想見你了，
念此際你已靜靜入睡。
留我們未完的一切，留給這世界，

這世界，我仍體切地踏着，
而已是你底夢境了……

第六輯　採貝集

晨

鳥聲敲過我的窗，琉璃質的磬聲
一夜的雨露浸潤過，我夢裏的藍袈裟
已掛起在牆外高大的旅人木
清晨像躡足的女孩子，來到
窺我少年時的剃度，以一種惋惜
一種沁涼的膚觸，說，我即歸去

一九五七

下午

啄木鳥不停的啄着，如過橋人的鞋聲
整個的下午，啄木鳥啄着
小山的影，已移過小河的對岸
我們也坐過整個的下午，也踱着
若是過橋的鞋聲，當已遠去
遠到夕陽的居處，啊，我們
我們將投宿，在天上，在沒有星星的那面

一九五七

草履蟲

落過一次紅葉，小園裏的秋色是軟軟的
那原生的草履蟲，同其漂蕩着，是日影和藍天
閒下來，我數着那些淡青的鞭毛
欲撿拾一枚，讓它划着
划進你的 Album
這是一枚紅葉，一隻載霞的小舟
是我的渡，是草履蟲的多槳
是我的最初

一九五七

靜物

斜斜倚靠着的　一列慵態的書
參差的高度　是種內省的階梯
甜意流下來　盛于　最後的杯中
引誘着蜂足　是淡黃色的假的蜜

雨水開始浸蝕壁圖　一幅
脫釉的陰天　一具令人索然的
空的眠床　是軟軟的灰色偎襯着我
而我便祇是一個陳列的人
是陳列　且在賣與非賣之間

我也是木風爲伴的靜物
在暗澹的時日　我是攤開扉頁的書
標題已在昨夜掀過去

一九五七

採貝

每晨，你採海貝於，沙灘潮落
我便跟着，採你巧小的足跡
每夕，你歸來，歸自沙灘汐止
濛濛霧中，乃見你渺渺回眸
那時，我們將相遇
相遇，如兩朵雲無聲的撞擊
欣然而冷漠……

一九五九

姊妹港

你有一灣小小的水域，生薄霧於水湄
你有小小的姊妹港，嘗被春眠輕掩
我是驚蟄後第一個晴日，將你端詳
乃把結伴的流雲，作泊者的小帆疊起

小小的姊妹港，寄泊的人都沉醉
那時，你與一個小小的潮
是少女熱淚的盈滿
偎着所有的舵，攀着所有泊者的夢緣
那時，或將我感動，便禁不住把長錨徐徐下碇

一九五九

一〇四病室

——有一次在閒話中談到還鄉的方式因子豪是川人，我建議說：「拉縴回去」

藤猶在身　便梳也似地
瘦見了年輪　終成熟於小枝
妹子　吮吮善擷的手指吧

莞然於冬旅之始
拊耳是辭埠的舟聲
來夜的河漢　一星引縴西行
回蜀去　巫山有雲有雨

且菟羅天下名泉
環立四鄰成爲釀事
妹子　總要分住
便分住長江頭尾
那時酒約仍在　在舟上
重量像仙那麼輕少

一九六三

清明

我醉着，靜的夜，流於我體內
容我掩耳之際，那奧秘在我體內廻響
有花香，沁出我的肌膚
這是至美的一刹，我接受膜拜
接受千家飛幡的祭典

星辰成串地下垂，激起唇間的溢酒
霧凝着，冷若祈禱的眸子
許多許多眸子，在我的髮上流瞬
我要回歸，梳理滿身滿身的植物

我已回歸，我本是仰臥的青山一列

一九五九

嘉義

小立南方的玄關，儘多綠的雕飾
褫盡襪履，哪，流水予人疊蓆的軟柔
匆忙的旅者，被招待在自己的影子上
那女給般的月亮，說，我要給你的
你舞踊的快樂便是一切

小立南方的玄關，雨在流落了
北廻歸的圍牆上，瑟縮地棲息着
來自北方的小朵雲，一列一列的
便匆忙的死去，那時你踩過
那流水，你的足踁便踩過，許多許多名字

一九五九

左營

酉時起程的蓬車，將春秋雙塔移入薄暮
季節對訴，以顫簸，以流浪的感觸
這是一段久久的沉寂，星天西移
湖山在脚下東轉，竟牽動黑色的連峯如齒輪
啊，一輪古城垜，被旋爲時間的驛站

那時，久久的沉寂之後，心中便孕了
黎明的聲響，因那是一小小的驛站
垂蛛在遊絲上搖着，鐵馬樣的搖着
不知怎的，那時間的絃擺嘎然止住
頃刻，心中便響起了，黎明的悲聲一片

一九五九

貴族

別刼去我的憂鬱；那個灰色的貴族；
別以陽光的手，探我春雨的簾子，
我不愛夕照的紅縈縷，印做我的窗花，
我住於我的城池，且安於施虐白晝的罪名，

別挑引我的感激，儘管馳過你晚風的黑騎士，
別以面紗的西敏寺的霧，隱海外的星光誘我：
你該知道的，那灰色的貴族——
　我不欲離去，我怎捨得，這美麗的臨刑的家居。

一九五六

當西風走過

僅圖這樣走過的，西風——
僅吹熄我的蠟燭就這樣走過了
徒留一葉未讀完的書册在手
卻使一室的黝暗，反印了窗外的幽藍。

當落桐飄如遠年的回音，恰似指間輕掩的一葉
當晚景的情愁因燭火的冥滅而凝於眼底
此刻，我是這樣油然地記取，那年少的時光
哎，那時光，愛情的走過一如西風的走過。

一九五六

允諾

誰識！西風與落葉輕微的一觸
愛在草叢仰臥的絕症人
誰辨！草絲與髮絲，衣裳與泥土。

那人，他來自遠方，在遠方友人的農場
曬最後一個秋季的陽光
他便是那一觸的允諾
便疑似覆蓋，疑似灰揚
疑似他在遠方靜靜地睡熟……

一九五六

生命

滑落過長空的下坡，我是熄了燈的流星
正乘夜雨的微凉，趕一程赴賭的路
待投擲的生命如雨點，在湖上激起一夜的迷霧
够了，生命如此的短，竟短得如此的華美！

偶然間，我是勝了，造物自迷於錦繡的設局
畢竟是日子如針，曳着先濃後淡的彩線
起落的拾指之間，反綉出我偏傲的明暗
算了，生命如此之速，竟速得如此之寧靜！

一九五六

度牒

這是故居的園林，石堦通向圮廢的廟宇
今夜你同誰來呢？同着
來自風雨的不覊，抑來自往歲的記憶

額上新的殿堂已醮起，而哪兒去了
我們昔日油紙的度牒

我再再地斷定，我們交投的方言未改
那蒲團與蓮瓣前的偶立
或笑聲中不意地休止

啊，你已陌生了的人，今夜你同風雨來
我心的廢厦已張起四角的飛簷
那高懸薄翅的鐵馬，你要輕輕地搖
輕輕地，啊，那是我夢的觸鬚

一九五五

未題

無聲地滙流着，在一三月的雨天
是我們臂上的靜脈的小青河

一環環的漩渦，朶朶地跳出來
跳出你開着南窗的，心的四房室

而我底——
我正忙於打發，灰塵子常年的座客
以坦敞的每個角落，一一安置你的擺設

啊，那小巧的擺設是你手製的

安閒地擱在，那兩宅心舍的，那八間房室

梵音

雲遊了三千歲月
終將雲履脫在最西的峯上
而門掩着　獸環有指音錯落
是誰歸來　在前階
是誰沿着每顆星托缽歸來
乃聞一腔蒼古的男聲
在引罄的丁零中響起

反正已還山門　且遲些個進去
且念一些渡　一些飲　一些啄
且返身再觀照

那六乘以七的世界
（啊　鐘鼓　四十二字妙陀羅）
首日的晚課在拈香中開始
隨木魚游出舌底的蓮花
我的靈魂
不即不離

一九五七

媳婦

媳婦兒的家曾是昔日的花轎
顫慄了門深柳枝垂的巷子
葦簾捲着　空堂約好燕燕的佳期
是一疊唱片樣轉而不眩的下午
啊　燕燕　一圈呢語一圈笑

而雪披的遠山　仍是舊歲的寒衣
仍在多上坡的雲脊……
　翼的路了無消息
無奈梅香總趁日斜時候
推衾欲起的媳婦便悵然仰首

呀

未粘好的風箏猶擱案頭……

一九五七

第七輯　知風草

天窗

每夜，星子們都來我的屋瓦上汲水
我在井底仰臥着，好深的井啊。

自從有了天窗
就像親手揭開覆身的冰雪
——我是北地忍不住的春天

星子們都美麗，分佔了循環着的七個夜，
而那南方的藍色的小星呢？
源自春泉的水已在四壁間蕩着
那叮叮有聲的陶瓶還未垂下來。

啊，星子們都美麗
而在夢中也響着的，祇有一個名字
那名字，自在得如流水……

一九五七

情婦

在一青石的小城，住着我的情婦
而我甚麼也不留給她
祇有一畦金線菊，和一個高高的窗口
或許，透一點長空的寂寥進來
或許……而金線菊是善等待的
我想，寂寥與等待，對婦人是好的。

所以，我去，總穿一襲藍衫子
我要她感覺，那是季節，或
候鳥的來臨
因我不是常常回家的那種人

一九五七

知風草

晚虹後的天空，又是，桃花宣似的了
被裱褙的亂雲，是寫在
信風上的書法，我猶存
受贈者的感覺，猶記簷滴斷續地讀出
而結束於一聲鼓……那夕陽的紅銅的音色

小窗，郵箱嘴般的
許多永晝，題我的名投入
（是題給鬢生花序的知風草吧？）而
驚蟄如歌，清明似酒，惟我
卻在穀雨的絲中，懶得像一隻蛹了

一九五七

四月贈禮

雨季是一種多棕的植物，
那柔質的纖維是適於紡織的；
而大農耕的綠野是太素了，
誰願掛起一盞華燈呢？
一盞太陽的燈！一盞月亮的燈！
——都不行，
燃燈的時候，那植物已凋萎了。

總有法子能剪來一塊，一塊織就的雨季，
我把它當片面紗送給你，
素是素了點，朦朧了點，

而這是需要的——
每天，每天，你底春晴太明亮！

窗外的女奴

方窗

這小小的一方夜空，寶一樣藍的，有着東方光澤的，使我成爲波斯人了。當綴作我底冠飾之前，曾爲那些女奴拭過，遂教我有了埋起它的意念。祇要闔攏我底睫毛，它便被埋起了。它會是墓宮中藍幽幽的甬道，我便携着女奴們，一步一個吻地走出來。

圓窗

這小小的一環晴空，是澆了磁的，盤子似的老是盛着那麼一塊雲。獨餐的愛好，已是少年時的事了。哎！我卻盼望着夜晚來；夜晚來，空杯便有酒，盤子中出現的那些……那些不愛走動的女奴們總是痴肥的。

卍字窗

我是面南的神，裸着的臂用紗樣的黑夜纏繞。於是，
垂在腕上的星星是我的女奴。

神的女奴，是有名字的。取一個，忘一個，有時會呼
錯。有時，把她們攬在窗的四肢內，讓她們轉，風車樣地
去說爭風的話。

一九五八

水巷

四圍的青山太高了，顯得晴空
如一描藍的窗……
我們常常拉上雲的窗帷
那是陰了，而且飄着雨的流蘇

我原是愛聽罄聲與鐸聲的
今卻爲你戚戚於小院的陰晴

算了吧
管他一世的緣份是否相值於千年慧根
誰讓你我相逢

且相逢於這小小的水巷如兩條魚

一九五五

夜詞

這時，我們的港是靜了
高架起重機的長鼻指着天
恰似匹匹採食的巨象
而滿天欲墜的星斗如果實

撩起你心底輕愁的是海上徐徐的一級風
一個小小的潮正拍着我們港的千條護木
所有的船你將看不清她們的名字
而你又覺得所有的燈都熟習
每一盞都像一個往事，一次愛情

這時，我們的港眞的已靜了。當風和燈
當輕愁和往事就像小小的潮的時候
你必愛靜靜地走過，就像我這樣靜靜地
走過，這有個美麗彎度的十四號碼頭

一九五三

南海上空

琉璃的三界　盆景盒兒般的碎了
結伴而去的幽　散爲隨緣的禪
關不住的長睫　翼一樣的翩翩
而冰質的藍　溶作紫竹的朝露
禁不住的采瞳　如索食的啄——
　在南海我們竟是一陣鴿
　春風乃是哨音做的

遠山覆於雲蔭
人魚正圍喋着普陀
挽襪而涉的羣島在海峽小憩

一切皆緣春天而起——
在南海我們竟是一陣鴿
兩脚繫的書．是觀音捎給丈夫的

第八輯　右邊的人

雨季的雲

萬線的風箏，被港外的青山牽住了，
那原是波浪的形質，正飄飄搖搖地。
偶然，有人舉出十月的手，
卻感嘆握來八月的潮濕；
是的，既不能御風箏爲家居的筏子，
還不如在小醺中忍受，青山的遊戲。

一九五九

裸的先知

與一艘郵輪同裸於熱帶的海灣
那鋼鐵動物的好看的肌膚
被春天刺了些綠色的紋身
我記得，而我甚麼都沒穿
（連紋身都沒有）
如果不是一些鳳凰木的陰影
我會被長羽毛的海鳥羞死

我那時，正是個被擲的水手
因我割了所有旅人的影子用以釀酒
（那些僞蓋着下肢的過客

為了留下滿世的子女？）

啊，當春來，飲着那

飲着那酒的我的裸體便美成一支紅珊瑚

一九六一

盛裝的時候

我如果是你，我將在黑夜的小巷巡行
常停於哭泣的門前，尋找那死亡
接近死亡，而將我的襟花插上那
才才冷僵的頭顱
我是從舞會出來，正疑惑
空了的敞廳遺給誰，我便在有哭聲的門前
那門前的階上靜候，新出殼的靈魂
會被我的花香買動，會說給我
死亡和空了的敞廳留給誰

我願我恰在盛裝的時候

在有哭泣的地方尋到
尚未冥化的靈魂
我多麼願望，卽使死亡是躩向地獄
我如果確能知道這一點
我便再去明日的舞會，去忍受女子和空了的敞廳
哎，此際我便是你　美少年而耽於逸樂

最後的春闈

今晨又是春寒，林木悄悄
一鷹在細雨中抖翼斜飛
置書笈在肩上的書生，收拾遠行
仰望着，一天西移的雲雨
此去將入最後的春闈，啊，最後的一次
離別十年的荆窗，欲贏歸眩目的朱楣

畢竟是別離的日子，空的酒杯
或已傾出來日的宿題，啊，書生
你第一筆觸的輕墨將潤出甚麼？
是青青的苔色？那卷上，抑是迢迢的功名？

今晨又是春寒，林木寂寂
一鷹在細雨中抖翼盤旋
置書笈在肩上的書生，竚足路上
被阻於參差的白幡與車馬
啊，赴闈的書生，何事驚住了你？
那祇是落葬的行列，祇是聲色的冥滅
豈因這行列竟如一陣風
使榮華的沉落，會發爲生者的寒噤

西移的雲雨停歇，杯酒盈盈
荊扉茅簷，春寒輕輕地蹭過
卸下書笈的書生，呵手而笑：
喜我頓悟於往日的痴迷，從此，啊，從此

反覆地，反覆地，哼一闋田園的小曲

一九六一

右邊的人

月光流着，已秋了，已秋得很久很久了
乳的河上，正凝爲長又長的寒街
冥然間，兒時雙連船的紙藝挽臂漂來
莫是要接我們回去！回到最初的居地

你知道，你一向是伴我的人
遲遲的步履，緩慢又確實的到達：
啊，我們已快到達了，那最初的居地
我們，老年的夫妻，以着白髮垂長的速度

月光流着，已秋了，已是成熟季了

你屢種於我肩上的每日的棲息，已結實爲長眠
當雙連的紙藝復平，你便在我的右邊隱逝了
我或在你的左邊隱逝，那時
落蓬正是一片黑暗，將向下，更下
將我們輕輕地覆蓋

一九六一

編秋草

一

試着，編織秋的晨與夜
像芒草的葉轡
編織那左與右，製一雙趕路的鞋子
看哪，那穿着晨與夜的，趕路的雁來了
我猜想，那雁的記憶
多是寒了的，與暑了的追迫

二

島上的秋晨，老是迭掛着

一幅幅黃花的黃與棕櫚的棕

而我透明板下的，卻是你畫的北方
那兒大地的粗糙在這裏壓平
風沙與理想都變得細膩

每想起，如同成羣奔馳的牧馬——
麥子熟了，熟在九月牧人的
風的鞭子下

啊，北方
古老的磨盤
年年磨着新的麥子

三

我是不會織錦的，你早知道
而我心絲扭成的小繩啊
卻老拖着別離的日子
是霧凝成了露珠，抑乎露珠化成了霧
誰讓我們有着的總是太陽與月亮的爭執

一束別離的日子
像黃花置於年華的空瓶上
如果置花的是你，秋天哪：
我便欣然地收下吧

四

月兒圓過了，已是晚秋，
我要說今年的西風太早。

連日的都城過着聖節的歡樂
我突想歸去
爲甚麼過了雙十才是重陽
惦記着十月的港上，那兒
十月的青空多遊雲
海上多白浪

我想登高望你，「海原」原是寂寞的
爭着縱放又爭着謝落——
遍開着白花不結一顆果

寄埋葬了的獵人

一

而她是誰？是她打溪旁悠悠走過麼？

窗外有谷，那寂靜是深的
谷底流過小溪，那清沁是悠遠的，
溪旁的你底墓，好久好久沒人掃啦！

兩壁的青山滿掛着，滿掛着……
那是你春天的畫廊她正走過。
懷念的成形，不正像夕暉凝成的黃昏？
揭開黃昏的扉頁，不正是你詩句一樣的星星？

而她是誰呀？她正在你墓旁小立哪！
我住得高，那眺望是叠入於幻影的，
幻影中的她，那小立是動人的，
溪旁的你底墓，已被小羊樣的朵朶的白雲依繞。

梵谷與米勒不再突出於你底風景了，
至美歸於你，我想，當那人來到時。
衆友們重新裝上你那尖塔上的鐘，
當你底生日，忌辰，敲出你心底的安寧。

而她是誰呢？她已悃倦，偎着你底墓睡了。
感謝古老的驛馬車終於帶來消息
她是向你，向天國投郵的人，
她是，啊啊，有她我們會永遠銘記你，
她不是頑石，她是碑。

二

獵人哪，又是秋天來了！
八月的雨水已過，小樓盈盈的雷聲已寂。
愛情的那端不再是空盤，
獵人哪，你生命的天平已横了。

何時你寄回信來，歡迎我去？
在人間廿年的分離，我盼重聚。
我會帶着你底詩集來，你尚未看見的，
我會告訴你，你所惦記的人
長高了，在學校有着好的成績。

仰視着秋天的雲像春天的樹一樣向着高空生長。
朋友們都健康，祇是我想流浪……

你該相信我的騎術吧，獵人！
我正縫製家鄉式的冬裝，便於你的張望。

厝骨塔

幽靈們靜坐於無疊蓆的冥塔的小室內
當春風搖響鐵馬時
幽靈們默扶着小拱窗瀏覽野寺的風光

我和我的戰伴也在着，擠在衆多的安息者之間
也瀏覽着，而且回想最後一役的時節

窗下是熟習的掃葉老僧走過去
依舊是這三個樵夫也走過去了
啊，我的成了年的兒子竟是今日的遊客呢
他穿着染了色的我的舊軍衣，他指點着

與學科學的女友爭論一撮骨灰在夜間能燃燒多久

一九五七

小站之站

——有贈

兩列車相遇於一小站，是夜央後四時
兩列車的兩列小窗有許多是對着的
偶有人落下百葉扉，辨不出這是哪一個所在
這是一個小站……

會不會有兩個人同落小窗相對
啊，竟是久違的同志
在同向黎明而反向的路上碰到了
但是，風雨隔絕的十二月，臘末的夜寒深重

而且，這年代一如旅人的夢是無驚喜的

一九五七

第九輯　五嶽記

十槳之舟

——南湖大山輯之一

卑南山區的狩獵季，已浮在雨上了，
如同夜臨的瀘水，
是渡者欲觸的蠻荒，
是襝盡妖術的巫女的體涼。

輕……輕地划着我們的十槳，
我怕夜已被擾了，
微颼般地貼上我們底前胸如一蝸亂髮。

一九六二

卑亞南蕃社

——南湖大山輯之二

我底妻子是樹，我也是的；
而我底妻是架很好的紡織機，
松鼠的梭，紡着縹緲的雲，
在高處，她愛紡的就是那些雲

而我，多希望我的職業
祇是敲打我懷裡的
　　小學堂的鐘，
因我已是這種年齡——
啄木鳥立在我臂上的年齡。

一九六二

北峯上

——南湖大山輯之三

歸家的路上，野百合站着
谷間，虹擱着
風吹動
一枝枝的野百合便走上軟軟的虹橋
便跟着我，閃着她們好看的腰
而我鄰舍的頑童是太多了
星星般地抬走一個黃昏
且扶着百合當玉杯
而那新釀的露酒是凉死人的

一九六二

牧羊星

——南湖大山輯之四

雨落後不久，便黃昏了，
便忙着霧樣的小手
捲起，燒紅了邊兒的水彩畫。
誰是善於珍藏日子的？
就是她，在湖畔勞作着，
她著藍色的瞳，
星星中，她是牧者。

雨落後不久，虹是濕了的小路，
羊的足跡深深，她的足跡深深，

便携着那束畫捲兒，
慢慢步遠……湖上的星羣。

一九六二

秋祭

——南湖大山輯之五

夜靜，山谷便合攏了
不聞婦女的鼓聲，因獵人已賦歸
月昇後，獵人便醉了
便是仰望的祭司
看聖殿的簷
正沾着秋，零零落落如露滴

而簷下，木的祭壇抖着
裸羊被茅草胡亂蓋着
如細緻的喘息樣的

一九六二

是酒後的雉與飛鼠的遊魂
正自竈中懵懵走出

一九六二

努努嘎里臺

——南湖大山輯之六

風翻着髮，如黑色的篝火
而我，被堆得太高了
燃燒的頭顱上，有炙黃的山月

裊裊的鄉思焚爲青烟
是酒浸過的，許是又香又衝的
星星聞了，便搖搖欲落

風停，月沒，火花溶入飛霜
而飛霜潤了草木

草木亦如我，那時，我的遺骸就會這麼想

註：努努嘎里臺，山峯名，在宜蘭境，山地語「到處蛙鳴」之意。

一九六二

南湖居

——南湖大山輯之七

當我每朝俯視，你亮在水的深處
你抿着的那一雙蜂鳥在睡眠中
緊偎着，美麗而呈靜姿的唇

平靜的湖面，將我們隔起
鏡子或窗子般的，隔起
而不索吻，而不將昨夜追問
你知我是少年的仙人
泛情而愛獨居

一九六二

鹿場大山

——大霸尖山輯之一

許多竹　許多藍孩子的樅
擠瘦了鹿場大山的脊
坐着吃路的森林
在崖谷吐着雷聲
我們踩路來　便被吞沒了
便隨雷那麼懵懂地走出
正是雲霧像海的地方
正是雲霧像海的地方
此刻　怎不見你帆紅的衫子

可已航入寬大的懷袖
此痴身 已化爲寒冷的島嶼
蒼茫裏 唇與唇守護
惟呼暱名輕悄
互擊額際而成回聲

一九六三

馬達拉溪谷

——大霸尖山輯之二

扮一羣學童那麼奔來
那耽於嬉戲的陣雨已玩過桐葉的滑梯了
從姊妹峯隙瀉下的夕暉
被疑似馬達拉溪含金的流水
愛學淘沙的蘆荻們，便忙碌起來
便把腰肢彎得更低了

黃昏中窺人的兩顆星
窺着我們猶當昔日一撥撥的淘金人
而在如此暖的淘金人的山穴裡

我們該怎樣？……哎哎
我們也許被歷史安頓了
如果帶來足够的種子和健康的婦女

一九六三

霸上印象

——大霸尖山輯之三

不能再東　怕足尖蹴入初陽軟軟的腹
我們魚貫在一線天廊下
不能再西　西側是極樂

隕石打在粗布的肩上
水聲傳自星子的舊鄉
而峯巒　蕾一樣地禁錮着花
在我們的跣足下
不能再前　前方是天涯

巨松如燕草
環生滿池的白雲
縱可憑一釣而長住
我們　總難忘藍褸的來路
茫茫復茫茫　不期再回首
頃渡彼世界　已遐回首處

一九六三

雲海居（一）

——玉山輯之一

雲如小浪，步上石墀了
白鶴兒噙着泥鑪徐徐落地
金童子躬身進入：啊，銀日之穹
我仍是那麼坐着，朝謁的羣峯已隱了

我不能記起你，在此高空的島上
宛如亞美達的歌聲來自一個故事
我的鬚眉已是很長很長了
老了的漁人，天擬假我浮鳧的羽衣否？

一九五七

雲海居（二）

——玉山輯之二

戀居於此的雲朵們，想是爲了愛着羣山的默對——
彼此相忘地默對在風裏，雨裡，彩虹裡。

偶獨步的歌者，無計調得天籟的絃
遂縱笑在雲朵的濕潤的懷裏
遂成爲雲的呼吸……縹緲地……

附記：玉山排雲山莊夜氣溫攝氏零下七度，欲有所記，手僵不能出袖，此二首係於次歲寫於奇萊山天池之宿後。

一九五七

雪山莊

——雪山輯之一

萬呎的高牆　築成別世的露臺
落葉以體溫　苔化了入土的榱樑
喬木停停　間植的莊稼白如秋雲
那卽是秋雲　女校書般飄逸地撫過
羣山慵慵悄悄

夜寒如星子冷漠的語言
說出遠年震慄的感覺
對於濡濕的四肢
篝火像考古的老人

一如我們的疲憊　被意義之神審訊
其不知虛無也成化石　在我們這一紀
在雪埋的熱帶　我們的心也是星子
在冷漠的相對中留存

而傍着天地　喬木於小立中蒼老
惟圓月以初生赤裸的無忌
在女校書的裙邊邀幸
看來……若一隻寵物
一副　被時間寵壞了的樣子

附記：壬寅中元夜雨後露宿雪山莊廢跡，此詩遂蘊焉，而成篇編入雪山輯則於是歲秋末。雪山，臺灣次高山也，西語 Sylvia 山也，拔海三九三三米突，日人築木舍於峯下，今已圮沒。

一九六二

浪子麻沁

——雪山輯之二

雪溶後　花香流過司介欄溪的森林
沿着長長的狹谷　成團的白雲壅着
獵人結伴攀向司馬達克去
採菇者領著赤足的婦女
在高寒的賽蘭酒　起一叢篝火

修好所有的籬　結新的筏
起得早早的小姑娘　在水邊洗日頭
少年的泰耶魯唱出冬藏的歌
而卻不見了　那着人議論的

那浪子麻沁

他去年當兵　今年自城市來
眼中便閃着落漠的神色
孤獨　不上教堂　常在森林中徜徉
當果樹剪枝的時候
他在露草中睡着
偶爾　在部落中賒酒　向族人寒暄
向姑娘們瞅兩眼

三月的司介欄溪，已有涉渡的人
雪溶後柔軟的泥土　召來第一批遠方的登山客
浪子麻沁　該做嚮導了
該去磨亮他尺長的蕃刀了
該去挽盤他苧麻的繩索了

該聽見麻沁踏在石板上的
勻稱的脚步聲了

而獵人自多霧的司馬達克歸來
採菇者已乘微雨打好了槽
少年和姑娘們一齊搖着頭
哪兒有麻沁　那浪子麻沁
「哪兒去了那浪子麻沁？」
面對着文明的登山人
全個部落都搖起頭顱

全個部落都搖起頭顱
無人識得攀頂雪峯的獨徑
除非浪子麻沁
　　　　除非浪子麻沁

無人能了解神的性情
亦無人能了解麻沁他自己
有的說　他又回城市當兵去了
有的說　雪溶以前他就獨登了雪峯
是否　春來流過森林的溪水日日夜夜
溶雪也溶了他
他那　他那着人議論的靈魂

一九六二年於環山部落

雨神

——大屯山彙之一

水雲流過藻集的針葉林
你仰立的眼睫益覺冷峭
在兀崖上　你的髮是野生的
有着怎麼攏也攏不好的鬢
而那種款款的絲柔
耳語的回聲就能浮動得

你欲臨又欲去
是用側影伴風的人
在兀崖上　將旋起的大裙鋪落

於此世界中你自趺坐
乃有着殿與宮的意味

一九六四

花季

——大屯山彙之二

雨神居於鄰家　隔籬的小姑
我是靠耳語傳聲的風的少年
當黃昏約後　（趕走那些
可厭的秉燭的耶誕紅）
留下我的流盼　飄搖似燈火

此時小姑舞罷　彩絲自寬解
倦於靚粧的十指　弄些甚麼都不是
而少年不知惜紅　碎嚼了滿菀
當一夜春露後

花季在傳說中成了眞個

一九六四

絹絲瀧

——大屯山彙之三

花季是揉縐的立軸　懸於
被水擎着的天空
天空下的山谷有午日盈滿
（像男子獨酌時那麼嚴肅地）
將松籟用亂針繡在雪般的白晝上

沒有河如此年青　年青得不堪舟楫
且自削岩骨成爲丹墀那種傾斜
且將聳如華表的兩峯之間
留給今夜　七星必從斯處凡謫

必將長袂相結地一躍而出瀧外

一九六四

風城

——大武山輯之一

漫踱過星星的芒翅
琉瓦的天外　想起
響屧的廊子
一手扶着虹　將髻兒絲絲的拆落
而行行漸遠了　而行行漸渺了
遺下　響屧的日子

漂泊之女　花嫁於高寒的部落
朝夕的風將她的仙思挑動
於是　涉過清淺的銀河

順着虹　一片雲從此飄飄滑逝

一九六五

大武祠

——大武山輯之二

萬枝箭竹把蜃樓釘在
初月金黃的土上
鹿遊以後　泉水隱去幽聲
流落的靈魂乃互飲
英雄的濡沫
啊　投巍峩的影且泳於滄海
如一列鯨行　頻頻廻首
背後是大圓　是天穹的鏡
而流落久了……智根生在何處？

一九六五

古南樓

——大武山輯之三

終日行行於此山的襟前
森林偶把天色漏給旅人的目
而終日行行　驀抬頭
啊　那壓額的簷仍是此山冷然的坐姿
諸河環掛　且隨山的吐納波動
銀白　光白　髮之白的盪漾
是一剪青絲融於雲的淨土
而此山　親手把殿門推開

剃度的唄聲自晚課中來
旅人哪　九仞之上是無路的千古
且看　螢火搖曳着
　　如是接引的沙彌魚貫着

註：臺灣諸岳，常年沐於雲海，若羣鯨南游，而大武導之。大武山爲東屏間羣峯之主，海拔萬呎，稱南嶽。風城，古南樓皆嶽麓排灣族部落名。北峯與大武祠併出天表，猶峨嵋之擎金頂焉。

一九六五

第十輯　草生原

邊界酒店

秋天的疆土，分界在同一個夕陽下
接壤處，默立些黃菊花
而他打遠道來，清醒着喝酒
窗外是異國

多想跨出去，一步卽成鄉愁
那美麗的鄉愁，伸手可觸及
或者，就飲醉了也好
（他是熱心的納稅人）

或者，將歌聲吐出
便不祇是立着像那雛菊
祇憑邊界立着

一九六五

旅程

對我說　微溫的夕陽　如
懷孕的妻的吻　在去年
我們窮過　在許多友人家借了宿
可是　總得有個巢才行
在明春雪溶後　香椿芽兒那麼地
會短暫地被喜愛

而今年　我們沿着鐵道走
靠許多電桿木休息
（眞像揹標子）
擠揚旗柱熬更

（多想吃那複葉）
　而先　病蟲害了的我們
在兩個城市之間
夕陽又照着了　可是　妻
　　妻
被黃昏的列車輾死了……咳。
就讓那嬰兒　像流星那麼
胎殞罷　別惦着姓氏　與乎存嗣
反正　大荒年以後　還要談戰爭
我不如仍去當傭兵
（我不如仍去當傭兵）
我曾夫過　父過　也幾乎走到過

一九六五

醉溪流域(一)

吹風笛的男子在數說童年
吹風笛的男子
擁有整座弄風的竹城
雖然　他們從小就愛唱同一支歌
而咽喉是憂傷的
歲月期期艾艾地流過
那失耕的兩岸　正等待春汎而多着
一溪碎了的音符濺起
多石筍的上游　有藍鐘花的鼻息
而總比蕭蕭的下游好　總比

沿江飲馬的蹄聲好
想起從小就愛唱的那支歌
憂傷的咽喉　歲月期期艾艾地流過
流過未耕的兩岸——
而兩岸啊　猶爲約定的獻身而童貞着

醉溪流域（二）

那晚　他們隔杯望着空空
（當兄弟已出征　眞像對飲的妯娌呢！）
舟上的快意祇是呀地一聲
啓椗了
姻緣桅立在第六指上

那晚　他們隔燭望着紅紅
（當兄弟已亡故　誰和誰算是妯娌呢？）
整個的流域都生長一種棕的植物
（是燈柱披着蓑衣麼？）

後來　便讓風鼓起黑色的大氅

其壯觀如一座地震的城
啊 那晚 他們交頸而很慢很慢才釘在十字上

草生原

春 春 數落快板的春 春 猶是歌的更鳥
走着草的靚女 白杜鵑跳過足趾
　　紅杜鵑跳過足趾 那靚女
便裸臥於獸懷中 便優遊素手於胸毛
　　風一樣的胸毛 變奏一樣的風
把如笙的指節吹響

哎 其病矣
三月 尋食的象鼻那般長
聽診器那般索在胸上 而夕陽像花鼓
那種腰 半懸花鼓的那種腰

應有面草裙遮遮的那種腰
瀑布一樣的草裙
建築一樣的瀑布
透明者　動者　敞敞掩掩者（供魚眺的窗戶）

哎　她是病了　三月在她腰中栽藏了甚麼
（莫非三月祇是索嫁）
哪……就嫁給東風罷　因桃花式的
病　藏紅入蕾　被第一陣東風說破

在今年　草木的植物都結雪
綠色的處子（無論那種膚色的處子）
皆被暗隅的松針嘲笑
於是　唇揷白百合的那靚女
雲一樣地沿着屋脊叫賣

（一束百合就能週遊世界了）
今年　最大的主僱
仍是烟囱中　烟一樣逸出的丈夫們
呵癢一樣的烟　妹妹一樣的癢
叮叮噹噹笑在錢袋旁
使會錯意的紙一樣的百合以爲
爭購的丈夫是硬幣多的　其實
丈夫們的袋內響着
貞操帶的鑰匙

哎　她病得　舞踊般的了
臥姿於草生原上的　那靚女
以四肢樹做天演實驗
而跟她學了一輩子的蜂姐
也來往於紅花與白花之間

把性的天才揀選
　　創造枕的天才　創造夢的枕
　　　烹飪一樣的夢　鄉式的　怯的
　　　　要顧着彼方口味的

春　春　數落快板的春　春　猶是歌的更鳥
在頭更　嚼過鹿角的東風　已死那
瘦新郎的亢奮　在次更　贖身了的那靚女
走出她的瀑布　她是一種果子
體香在殼子裏　她羞於是草裙的臟器
　　(兩個裸體相遇不就互成衣服？)
數落快板的春　春　在三更伊始
那靚女　平貼於無可縫補的病
　　一種語言將兩唇縫補
　　　她愛聽　愛搶着說的那語言

一劑　被誤投的藥般的語言
總是她的嫁衣（除了她的病
誰能為她婚禮的赤裸做些甚麼）
隨後　在三更之末　在幾乎四更
草生原上的夜　很鬆弛地覆着
她任意地走着　隨便揀枝百合坐下
當白百合揷在她唇上
她如似產後的母親
樂意誇張她存憶中的痛苦
春　春唱到五更已使夜蒼老
流過她魚肚色的皺紋　灰髮樣的黎明像淚那麼流
那麼波動　那麼波動後的無助
那麼樂着病死
春　春唱遍了三月仍是她自己

如那靚女的足趾　白杜鵑跳過　紅杜鵑跳過
那是風去了　笙管響遍了　那是她不會自妝的體質
這是針　刺破童貞草木的每一葉
這是這郎　完全這個壞郎中的意思

一九六三

第十一輯　燕雲集

燕雲之一

沙埋的太古　就在城外
當破天的荒風將旱沙揚起
原始的混沌就迎門立着
而飜飛的小螺貝
在北京人的足下舒展萬年的困
竟把海憶成了如一閃花的開謝

（註）北平郊區傳爲古代海灣，田野間猶見貝殼

燕雲之二

雲沉於丹墀
華表的蟠龍臥影於斯時
大風停息了
月乃昇自重樓氤氳的黃昏
於是萬家的飛簷褋着樹
浮滿整個的城池了

（註）自白塔鳥覽

燕雲之三

依然是那一列城堞
將久年的灰
石印在藍天的這一邊
而藍天的那邊
遠山欲溶的雪有些泫然
（註）西山霽雪

燕雲之四

戍魂仍遊憩於「三口」麼？
狼烟的花早就開不成朶了
無定河不再走下她的床
朽了千年的城垣被火車鋸着
春來，學生們就愛敲敲打打
居庸關那些大大方方的磚……

（註）「三口」：古北口、喜峰口、居庸關之南口，無定河卽永定河

燕雲之五

畫眉唱遍酒樓
歷史在單絃上跳
采聲多的地方便擠滿了欄外人
而烟袋招牌已老在斜街上
那些年　官闈的景緻是眉筆畫的
畫眉喲　唱遍了酒樓

（註）那拉氏時代

燕雲之六

丹楓自醉　雛菊自睡
秋色一庭如蘭舟靜泊着
誰要沿着環廊款步來去
誰便有了明月的閑意——
一片又一片地把雲推過江心

(註) 四合房宅第

燕雲之七

高牆的胡同　深鎖着七家的後庭
誰是掃落葉的閒人
而七家都有着：重重的院落
是風　把雲絮牽過藏書的樓角
每個黃昏　它走出無人的長巷

（註）夏令，黃昏後即無風

燕雲之八

林間有重靄　有擬不出的
那聲聲的木鐸來自何處
只見　僧人焚葉如焚夢
投在紅蓮的花座內
那一頁頁的經書……是已黃了的

（註）焚葉

燕雲之九

——燕有巫婦，左袖東風，右袖西風

此巫婦滿頭的珠翠如瓊島
左袖東風　三海乃舞起花叉褶的裙裾
寫妙室的半壁自呈石綠
草苔肆意地題畫於扇子亭
而早餐時　承露盤會擧起新摘的星星

（註）蔭島春瓊

燕雲之十

——燕有巫婦，春住圍城，秋居妙筆

此巫婦滿襟的采繡如西山
右袖西風　八大處乃臥遍泥醉的亭臺
而石路在棲霞的谷中沒於流泉
向上會寂寞　穿過碧雲的寺宇
一畦紫菊疏朗的……被稱爲獅子座

（註）西山紅葉

第十二輯　大韓集

九月

——韓國日記畫之一

背憑着
古朝鮮族的
一襯藍天
宮殿趺坐
在淺紫而花的
大地上

目歷遠方
跣足的女羣
踏響高原　弄

趧趧之舞
極邊是雲堆
幕着
好一番月昇

（註）趧趧之舞 Gang Gang Swollae" 爲韓國慶祝中秋之民族舞蹈，相傳其目的爲拒抗倭寇，另有詩記述。

四月

——韓國日記畫之二

成簇的
一束白的長裙女
蝶遊和蝶遊於
櫻族的花行樹

四月被攪拌
七彩不分的樣子
迤邐到遠方去
Chinhae 喲
美之甬廊下

彼港
如飄雲的後簷
盪去鐘聲一記
扶着另一記鐘聲
於是青潤的柏油道上
粉痕宛然

（註）Chinhae 爲韓國軍港，櫻花盛開，賞花仕女雲集。

十二月

——韓國日記畫之三

漢江蒼茫
漢江橋搭向落日
大地落日
雪的崦嵫

走滿豎領的人
無聲街
舉起四指
V十V
是閏了的11月

戰爭簡單
銅的記憶

（註）漢城市漢江橋有聯合國韓戰紀念碑。

六月

——韓國日記畫之四

斜陽在大漠上返照
一水淺淺
而千行垂柳卻拂動
金色的砧聲

水城拱着七門
搗衣婦念着征人
七門後是驪山
令人想起
藍濛濛的長安

令人想起
熏和的百越
巡邏少年正挽着他們的虎

(註) "Honghwa" 水門，韓國的古建築，搗衣婦人踞於柳蔭頗有古長安風味。又，韓國有「虎師」援越。

第十二輯　衣鉢集

第十二冊 宋稿集

召魂

——爲楊喚十年祭作

當長夜向黎明陡斜
其不禁漸漸滑入冥思的
是惘然竚候的召魂人
在多騎樓的臺北
猶須披起鞍一樣的上衣
我已中年的軀體畏懼早寒

星敲門　謚訪星　皆爲携手放逐
而此夜惟盼你這菊花客來（註）
如與我結伴的信約一似十年前

要遨遊去（便不能讓你擔心）
我會多喝些酒　掩飾我衰竭的雙膝

但晨空澹澹如水
那浮着的薄月如卽溶的冰
（不就是騎樓下的百萬姓氏？）
但窄門無聲　你不來
哎哎　我豈是情怯於摒擋的人

（註）楊喚生於菊花島

一九六四

無終站列車

——三二九前夜

在偎着遠雲的家鄉
我的小名被喚着
而黃花順着三月開
在春天 母親總是穿着藍袍子
哎 想起了那袍子我便流淚
母親啊 在偎着遠雲的家鄉
我的小名被喚着
沒有甚麼比今夜更好
投郵過絕命書的手

挑燈吧　沿着三月的背脊
折黃花　黃花　編個記憶的環兒哪
而且　擦了又擦那隻撥殼鎗吧
在今夜　沒有甚麼比這個更好

而列車行在自己的軌上
明天　在開濶的祖國
爲了去升一面旗　浪子造着歷史
就這麼着　讓我喝上四兩吧
讓要升的那旗　先蓋蓋我的臉吧
哎　想着那旗一樣的袍子我便流淚
而列車已行在自己的軌上
在遠離家鄉的一個地方
有人在小站下去了

垂直的泥土

——記登山技術隊

背着海馳車
朝陽在公路上滾來
路樹駝着路樹直高到遠方去
在東得幾乎是明天的那邊
我們將翻犂垂直的泥土
將像雲雀那麼生活在風上
多彩的我們一如虹的家族
在雨後羣現　卻列隊隱於谷中
我們壁立於冰冷的壁上

讓胸像一樣的胸任雲撞擊
在高得幾乎是家鄉的那邊
掛好我們錨椿的鞦韆　然後攀緣
熱情果常將我們的唇碰紅
眸與星子已如斯鄰近

啊啊少年　縱讓星芒刺傷也是好的

但假期已在垂直的土上熟了
當圖騰裏的亘古已遭冰斧解凍
星與眸子也以端詳告別
在海與她的水之間
我們乃如朝陽昇出
而光和熱的我們是另一種海
將使空洞的塵寰……潮滿……

望鄉人

——記詩人于右任陵

塔　糾結鐵馬成雷
筌的諸指將風揑爲讖語
蝴蝶飛自焚夢的銅鼐
淨土無花　淨土黃昏
晚歸的春寒悉悉有聲
啊　雙獅涉着雲欲去
　　華表振着翅對立
松濤湧滿八加拉谷
蒼苔爬上小築　黃昏

如一襲僧衣那麼披着
醒時 一燈一卷一茶盞
睡時 枕下芬芳的泥土

或會推門於月圓之夕
看四個海圍汐着故國萬里
依舊是長髯飄飛 依舊是——
啊 高山上昂立的望鄉人
以吟哦獨對天地

盆地的城

——于陽明公墓山頭小立

竹子植於東園
窗後是大嶺赤翻花的蘆海
而門前　淡江正潮着
一羣羣的水正浪跡於夕照十里的大道上

臺北城在她的盆中沐浴餘溫
（那是世界上最大的流浪人的浴盆啊）
霓虹如浴後的慵懶在夜空浮出
而七星依次扣上這夜的左衽
啊，此刻，鴉羣弄亂眺遠人的視線
錯將幢幢華厦當是亂帔風的山水

縴手

——又有一個川籍的朋友問，將來怎麼回鄉才好……我建議說，拉縴回去。

落花傍着四月的江岸
春水使縴手柔弱
泥地的伕隊中那浪子又站着
頭一天拉過七里十里灘
一歇脚就喝光整天的工錢
而昨夜的鎮甸並不知名字
月牙兒在犬聲中照着
照着臨江的一列北窗

當年輕易離別母親的那浪子
廿年啦　猶靠着人家窗根睡的那浪子
着上了酒癮得了風濕症的那……
浪子　醉過一夜的小鎮從不知名字

四月的陽光怯渡冷峻的三峽
雲底是一步一顚躓的縴手
落花從高原的家鄉流下
春水使浪子柔弱

野柳岬歸省

又是雲焚日葬過了　這兒
近鄉總是情怯的
而草履已自解　長髮也已散就
啊　水酒漾漾的月下
大風動着北海岸
漁火或星的閃處
參差着諸神與我的龕席
浪子未老還家　豪情爲歸渡流斷
飛直的長髮　響入鼓鼓的大風
翻使如幕的北海倒捲

啊　水酒漾漾的月下
蒼茫自腋下昇起　這時份
多麼多麼地思飲
待捧隻圓月那種巨樽
在諸神……我的弟兄間傳遞

浪子天涯歸省
諸神爲弟　我便自塑爲兄
（兄弟！兒欲養而親何在？）
當撲騰的柳花濕面　家釀已封唇
啊　月色漾漾的酒下
凡微醺之貌總是孿生

後記：我寫過野柳的詩，這一首才是幾經「竄改」的定品。野柳岬處於北海岸（觀音迄三貂角一帶），對我確有原始家鄉的感覺，尤其那些立石有神的情操和兄弟般的面貌。十餘年來，我愛擠在他們中間，一面飲酒，常常不能自已……

北京北京

——紀念楊國慶

白塔喲
像紙幡兒般
在濃夜上挑着
(四月召來鮮活的疫癘)
如寂滅的龍燈肚子
長街空蕩蕩地
一片牌樓
孤單而紅

大灰城的盆栽
新插過頭顱
自由猶凝在舌上
那十九歲的一具
兩耳猶掛犬聲

犬聲就是耳語
人民的夜不睡
依然到廣場去　明晨
依然是許多脚印

　脚印喲
必定埋葬天安門

麥食館

我不願買那種獎券所謂愛國云云，
除非伸出的是顫抖的手而操着鄉音的。
假如我身上無多餘的五元紙幣，
或已在相同的情形下買過了，
我便誠懇地說：
對不起老太太；我已買過了。

啊！祖國的老婦人哪！你們都是我的母親！
當我吃着麥食，無厭地吃着
香噴噴的麥田便在盤底浮現了。
祖國啊！母親啊！哎——

假如我不能親手收回那些產麥的土地，
我還算得是甚麼長大在臺灣的一代人？

金門集（一）

樹

金屬聲的綠
剛勁流在飄飄的儒衫內
南風起了
乃見三千萬震撼大地的彈劍人
舞着歌着　琅琅地夜讀着
爲不負那堪舞堪歌堪吟哦的鐵的音色

岩

把天空擎回它的老地方吧

膽出世界來讓戰爭和美學去經驗
力　渾身暴出生命
花崗石豐富的語言使主題不朽

或問　亞加薩堡是怎麼造成的
太武山願站着做證
在水成岩與火成岩之間
——意志的成岩是歷史的建材和層次

金門集（二）

白騾

似在深注着我的一刻
正當一抹夕照的霞輝映來
於是很好的臉型鈎了紅
莫是記起鴛鴦鞍和沿街的嗩吶了
而想說些甚麼又有點靦覥的樣子
啊　你是戰地三百口騾子中
最最惹人思議的一位

土

像童年一樣鮮的色澤
踏着　踏着　便忍不住活潑起來
（是否晴朗的日子　該種植風箏？
黃昏時收割的快樂把夢餵得飽飽的……）
而踏着　踏着　又不禁沉思起來
這又是雄黃酒一般豐潤的色澤
這又是情人用的色澤
如果我選爲睡衣的花色
如果在一次戰役後穿着睡去
想啊　必能恒久的感受大地馨香而切膚的體溫吧

革命的衣鉢

一 仰望

號聲穿過與黎明壞接的長廊
集合者在天光中列隊走來
在此人界與神界的兩棲土上
——在此空敞的紀念廳之一端
在已成爲五十四頁國史封面的
民族圖騰一樣的您底面容前
站着——且將葵花般的仰望擧起
在此孤臣孽子的舊鄉 在此海隅之一島
在靜矗的大理石柱間

啊　您坐得是如此之臨近，
又當「尚未成功」之左鐘
　「仍須努力」之右鼓
與悽愴的一百四十五字的大合唱
痛擊我們這一代的仰望之目
淚呀　便再也忍不住地自凝視中湧出來
…………………

而且　讓我們想到
在那一切誕生都是平凡的
漢民族式微的年歲中
（上帝的笑臉恒朝西方的那刻）
卻有您超凡的誕生

當忍辱的日子像「颱風草」一樣

在每節的拔高中預言苦難
(帝國主義正進行掘根貿易時)
卻是您成長的季候
且帶着屬於先知的悲憫
穿上滿鞋家園的荒涼
開始走着　走着　悟着宇宙　悟着死
然而　所有的橋樑都跨過了
從這一異端　渡向　彼一異端
而天邊泱泱的道統卻仍是　儒家的香煙
那麼　仍歸祖國吧
去觸知　那猶刻滿文的制錢
每天　對着海棠葉脈絡蒼老的地圖
去感動整個的下午
啊　那是五月　您第一次橫過所至愛的

祖國　開榴花的祖國該是怎樣的風景
甲午之後　您用悲憤速寫的風景
該是　怎樣的歷史

二　芥子

那時　讓我們想到
在東方　獅子猶睡在美德之下
有韻緻的鼾聲一如老祖父的水煙袋子
而隨着太平洋的早潮
擁進中國古老而無備港口的
是扯着各色洋旗的大火輪
渤海灣被旅大和膠東特區擠得更瘦了
南中國海
倒掛在港澳的利齒上似一方舊餐巾
而東疆碧藍的陸棚上

揷着巍然的臺灣——
哎 就是那塊 「請君止步」的告示牌
次殖民地！ 次殖民地！
　這就是您所愛的祖國麼？

毛子們邁過已四百年了的古京垣
一靴又一靴地踢開宮闕深掩的重門
被禁錮的自大
流落在民間成爲義和團倒楣的咒語
列強 列強
在中國版圖這塊並不平的棋枰上
像定石一樣投下了租界和商埠
之後 竟構成政治奧林匹克的競技場
次殖民地 次殖民地
　這就是您所哀的祖國啊

海軍專款結爲昆明湖的冰了
六君子捨了頭顱
傀儡皇帝像伶工一樣
　向秋來的瀛臺謝幕
而戰爭仍是些賣身紙
　輕易地仰身於軍機處的檀木桌上
條約　條約　特權像野草那麼遍在
　　　　那麼茂長
在租界與租界的間隙
在用賠款蓋了的醫院　教會　和洋學堂中
收留着中國人剩餘的尊嚴
總不能讓少年像童養媳一樣地養大啊
而上李相國書　終成爲退稿了
農業的中華命脈

卽被泰西工業的驕陽曬死
這時　您默默地決定
然後輕輕地自語
　革命！　革命！
啊　革命　革命
好一個美得引人獻身的概念啊
在歷史的江流上築一個壩
把民族五千年的道統儲起
爲全世界求生存的物質文明發電
爲整個人類的精神領域灌漑
這就是您革命的工程
因之　推翻專制　使那

屬清的一季過去
這豈僅是您四十年欲耕收的果實
革命　革命　多美的神性的事業
在大地上　它萌始了像一粒細小的芥子

三　熱血

然後　讓我們想到
耳語像春風一樣自江南綠過來
古老的大地在青年人的走告中復甦
在海外
南洋諸島被「演說」一個個的拍醒
在檀香山　日本　在新舊大陸
在無論那裏
凡是有拖着小辮子的那個堅苦民族
沉默而無希望地工作着的地方

便傳佈着您的名字
那麼 鄉親啊 還等着甚麼呢
自銀行中提出點滴苦守的款子吧
而且 變賣異鄉的產業吧 折價再折價
活像一羣染上嗜好的敗家子
當三月桃如霞 十月楓似火
燃燒的江南正如檄文在火化着
而首先祝告天地和先人的 該是
「祖國啊，祖國！終於去革命了！」

在子夜 猶開着會的黨人 像一羣蛾
把激動的臉閃在煤油燈的四圍
當一個青年自邊遠的省份提來
急切地闖進這羣鋼鐵的靈魂
喂！ 大家見見！ 他是我們的新同志

同志　同志　這是多麼震響的稱呼啊
五指的火鉗握着火鉗　淚眼相對淚眼
這麼久的渴望　這麼遠的奔赴
這麼燙的熱血恨不得立即灑出
就爲的是這一聲稱呼
啊，明天，明天丑時行動
正好，正來得及，同志！

那是熱血滋生一切的年代
青年的心常爲一句口號
　　　　　一個主張而開花
在那個年代　青年們的手用做
辦報　擲炸彈　投郵絕命書
或者把同志來握　緊緊緊緊地握
在那個年代　青年們追隨着領袖

比血緣還要親　守護着理想
比命根子還要緊

啊，同志！
今晚孫先生的專使在李家祠講話，去不去？
怎麼不去！　下大把刀子也得去！

四　背影

您
功參造化的大智　大勇　大感召
營建閉塞而龐巨的中國
正如　爲此空敞的大廳開一列向東的窗
讓耀目的朝陽　像鑲嵌一樣地肯定
讓光華盈滿四壁　如四個海閃亮着
當靑天高朗　廻蕩着四萬萬份笑聲

在綜錯的關山之間　在大風之上
讓旗升起
(日出東方兮爲恒星之最者)
然後　神采飛揚地遍揷十五省城
啊　這是甚麼紀元　今天
教師在黑板上僅僅寫了兩個字：民國
立刻　一堂學子就快意地哭了
當病蟲害已久的海棠葉　剛被
烈士的血滌清　當金蛟剪
神話般地行動於一夜間
男人們總算在齊耳的短髮下昂起額門
啊　這年代啊
響徹大地的呼聲豈僅是「感恩」！
然而　在江南　您的寧靜

像嫩雪撲簾的清晨一樣
在永夜的思想中　完成了主義的第四講
是的　官位應讓予凡人　而先知
在神性的事業中　必將經典制定
必使之進入萬世的邦基　像聖靈一樣的做工
當白日朗照　您在自己締造的國度上
眺望着　卻以一個公民的謙卑說
「怎得在此結廬啊！　鍾山！」

然而　在北國　亂冰在大河中撞着
數千里的平原上瀰漫着風沙和野心
統一　統一　這是和平的第一義
是的　要向北方去
您把自己當一枝箭那麼射出

縱使狼子像卵石一樣頑冥
堅信仁者的熱血必能把正義孵出

兩萬人提燈爲一個老壯士照路
帶着最後生日的感慨　您將遠行
在深灰的大氅裏　裏着一腔甚麼
啊
那是革命的衣鉢　歷史已預知
當夕陽　浮離您底背影在臨江的黃埔
那時正是您滿意的訣別
因爲第二代的同志已長成

五　衣鉢

今天　又是初冬過去
再不久便是乙巳年的立春

這是您第一百個十一月的第十二日
在此空敞的紀念廳之一端
在閃着淚的行列中
我也是一株 一株錦葵般耽於仰望的青年

我 成長在祖國的多難中
曾是髫齡渡海的「遺民」
父兄挫敗的悲戚在我每寸的發育中孕着
無論是光榮抑或是錯誤
這傳自您的衣鉢 我早就整個地肩承——
因之 在我一懂得感動的年紀
在第一次翻開實業計劃的輿圖就
把淚滴在北方大港上的年紀
我便自詡爲您底信徒
因之 在課堂或在滿架的舊書裏

在那麼多的偉人 聖哲 和神的名字裏
我固執地將您底一切記取 啊 誰教
每一代中國人的心都是翠亨小村
必須 必須迎接您的誕生
因之
我們不是流過淚便算了的孩子
在繁衍着信仰的靈魂中
我們「生命」的字義已和「獻身」相同
而且我們要再現那些先烈的感動
對您和您所創的每一事蹟每一辭彙的感動

啊 今天
在此人界與神界的兩棲土上
在靜矗的大理石柱間

您坐得是如此之臨近
當號音的傳檄在黎明中響起　您
我中華在天之父啊
知道麼　又集合了第三代人
在傳接您的衣鉢

（註）1.國父幼年嘗以制錢上之滿文示意隣童，謂中國猶爲異族統治也。見第三〇二頁第十一行。
2.甲午戰爭後　國父決定革命，次年第一次去北平觀察形勢，見三〇二至三〇三頁。
3.國父就任臨時大總統時在南京眺望山川，曾表示願結廬於鍾山從事著述，見三一二頁。
4.民國十三年　國父動身北上前夕，正値五十九歲誕辰，是晚廣州各界兩萬民衆提燈慶祝，次日坐艦經過黃浦，蔣中正校長率軍校師生列隊迎送，　國父見革命繼起有人至爲感慰。見三一三頁。

5.最後一句原文爲「傳接着您的衣鉢」，趙一夫兄覺得結式太弱，建議改爲「在革命的血路中」，遂照此發表，現既正式成書，乃改回原樣。

春之組曲

一　春雷

春雷搥打三月在大地的砧上
一隊空的馬蹄等候
等候蹄鐵　等候花跡斑剝的石路
那時　除了風　壯士沒有甚麼可以依靠

然後　每人涉過自己的易水
當生死的痛楚都通過母親
訣別是另一種橋
然後　雨絲很輕柔地洗着

古中國開濶而受傷的胸膛
多少殺聲在牙關中貫沒
多少旗在囊中　渴望飛入
那薄有曉意的鷓鴣的天空
在活過三十就算羞恥的年代
有許多這種夜
結着伴兒走進酒肆
題絕命詩於麻布的袷衣
有許多這種夜
促膝爭論　把臂唏噓
當締造一個國度一如焦灼的匠人
那時　除了血　烈士沒有甚麼可以依靠
然後　忍不住把愛挖了根奉獻
就這樣移殖給祖國

不管陽光把收穫交給誰
（是誰成功都可以）
而祖宗榮耀的泥土已接過不朽
那向蒼穹慨然擲出頭顱的是
流星的投手

是的 一頁星圖被夾入歷史
因之 一些名字美得使人心碎
更年輕的生命便尋着哥哥的草鞋
在同一大地的同一砧上 捶成
最初的綠意

二 春草

春草的葉絡猶有衝破冰層的創痕
而新的災難 又揉碎大地的肌膚

當長城也流亡　成爲一首顛沛的謠曲
那時　風暴逆着海岸飛
十二芒的星在隱着　在東方北方悲愴地隱着
而鄉土的孩子們不大認得仇
一旦成形便有鋼一樣的意志
這民族　雖古老而一如塵封的鐘
以巨大的吼聲回答……敵人的棒子
不再面對黑板如面對一窗的夜
不再穿那長袍兒如負擔太多的慈悲
告別喝茶　告別散步
多少同學在悽惶無奈的下午
含淚掩上「最後的一課」……
這是出發

向村前的井告別　向後院子的樹告別
向那　就是嚥了氣也忘不了的金光閃閃的黃河啊
一步一回頭地……告別……
大家忘卻名字　是互喊老鄉的同命人
會畫的畫吧　會寫的寫吧　會演的就……
啊「求求你，放下你的鞭子」好麼！
然而不是唱唱就算了的
沿着鐵路　公路……以及數不清的橋樑和山谷
刀　槍　鋤頭迅速地集合
橫過祖國六千里浴血的前線
集合在命脈如縷的新創口
抵抗　抵抗　誰要侵略誰就得一寸一寸地死去
中華孩子們純樸的靈魂

在先烈碑林的感動下復甦
太多易水的悲涼更要淝水的壯濶
當春草爬滿關山　啊　大地
歷史乃邀宴……一次豐腴的遍在的笑容

三　春霧

春霧把樓閣潑成舶來的風景
車如流水　僵直的脛骨乃有飄蓬的意味
霓虹爲了公司與公司吵鬧
使每種顧客在轉身中迷失
而清晨震懾於繫領帶的龐大聲響
便把權柄交給冷峻的機軸
於是　留下春意是一羣公園的樹依靠門票活着
惡補的胃能消化一個美國？

用許多行爲把孩子弄成透白的臉
然後在第一版結婚
像賣了翅的雀揀選免費的樊籠
而一過三十就把盾牌丟卻　以揮別的手
像褻衣一樣把自尊脫給昨夜

所以　這些年的園藝壓根兒就不是草
蠹魚羣在沙翁府中錄製鼾聲
誰敢伸手曬一曬知識份子鍍銀的鱗
誰就是貪戀陽光的傖俗人
然後　把磚頭厚的書扔給無夢的稚子枕
猶如引忘川之水灌溉處女的泥土
把所謂羞恥　苦難　統統在佚名的名下捐掉
然而　在祖宗用以辨認節令的星空之下

在先知用以肯定命運的天象之下
有一塔的光 在多角的方向執着地亮着
把一些島的定定的羅盤擦亮
把一些雕像的耿耿的面容擦亮
而且 照徹那海棠葉的版圖
用大漢的天聲傳佈給這時代聽

而多難的民風氣脈永不斷絕
磐石穩然 如不動天王打坐在大地裏(註)
霧 有霧才閃得出黃帝和指南車
才有定遠的志和武穆的飢渴
這一切依然是先烈那種古樸的感動
依然是……忍不住把愛挖了根移植給祖國

(註)不動天王，臺灣山野間供奉鎮壓地震之神。

四 春颱

春飆在旋踵間舞過萬家門巷
霧消了　號聲像驕陽一樣在青空打閃
歷史終於解開久封的錦囊
於是　隨着信使的奔告
那徵召令莊嚴的紫光乃燭天而起

上蒼啊　當橫越你蹉跎時日的內海
定定的直航幾乎忘卻舵的使用
那些日子猶如無字曆書
用嘲弄的手痛苦地掀着空白
當成年來到而恥無國土的時候
當無論抓甚麼都像抓不到把手　而
無論怎麼靠緊都仍是一羣浮萍的時候
一切景物都通過巴士的窗口
如過眼的映像迷哄含淚的旅人

幸而血仍熱　頭顱仍美　仍有滿腔的激動
啊　雖蹉跎而無人說老去　君不見
　那是時間在顏面上的化粧算不得甚麼
於是　趕往報到的腳步像勁雨行在大地上
　像洪流滾在莽野上
那麼　去選擇合身的軍服吧
讓一端托福一端阿哥哥的重擔擱下吧
讓昨夜的夢無論是甚麼就此結束吧
是的　這是最後的戰爭
錯過勝利即使是一聲寒暄也將是另一種語文
是的　就是這個時刻
讓整個島的骨骼格格山響起來　爲了
探一個向西的射擊的立姿
從軋鋼機或打谷機中抽出手臂來

從試驗室、市場、和公事房中抽出智慧來
正如從蜂的營營和蟻的熙熙中抽出
　生命奮鬪的意義來
多少種子在地層中隱忍　隱忍
（畢竟是忍到驚蟄之後了）
當祖宗正以衰草補綴藍縷的廬墓
當殘冬悲劇的調侃已落幕
將看見　更年輕的一輩成爲春飆的御者
像蒔花一樣朝着荒寒的疆土飛去

五　春花

最後的射擊沿着虹的彈道閃逝
春花在準星旁開放
終教敵陣的降幡如一片白鴿飛起
於是　摘下那花　那花啊

原屬伊人久蕪的髮鬢
放下槍　戰士被整條街的妞兒端詳
猶記在避秦的島上摒擋
八十有放翁　笑看此日的兒孫
還鄉日　回鄉後
猶嚼蜜餞一夜的海程

故土啊　第一次的旗升旗落　絃歌與淚和着
這學堂終日馳來運書的卡車
自由典　民主經　流放的諸子仍多風塵
而重獲誕生的孩子們　用羨仰的黑瞳繞着
那滿館滿館的眞中國
耕耘在姐姐的早粥後開始
拖拉機領音久凍的歌
如盛唐的大道　重劃的田隴如髮一樣直

而盡頭處　白着車站和綠着酒肆　那兒
弟弟接過哥哥的授田證……
要到邊疆去　邊疆有明日的戰爭
許多工人爲懷中的股票而生產
爲敞車載落日　爲妻子的新餚而早歸
當父親加父親等於俱樂部
而孩子們更忙碌
擠畫廊　踮着脚跟聽朗誦
把週末投資給精琢的靈魂
青年哪
讓鄉土進入心的殿堂塑你要塑的神
讓感動溶於血釀造熱情世世代代的芬芳
不論爲甚麼　或甚麼都不爲
讓我們是水花在時間的瀑布中怒放聲音

〔附錄（一）〕

夢土上後記

坐在小窗前，我花了長久的時間與多次的試刄，才算把「微塵」分割了。「夢土上」是她底第一部。其實，到最後編成了這個零碎的樣子也是沒有甚麼理由的。祇不過是——以島上無常的天候做比喻吧；像陰晴一樣，我寫的詩也隨着我多變的心緒而顯出在賦調上、節奏上的差異來，爲了分錄歸類這些差異，就成了現在這樣的有許多獨立小輯子的出現。

看看窗外，想想又是四月了。稻禾果木都在成長。夏天一過就是秋天，也將有一些人在等着收成了。然而，這在季候的本身卻無意義。固然她因了時序的遞轉而使得禾菓成熟，這不過是「無所爲而爲」的事罷了。啊，無所爲而爲，使我常常如此地想；在事業中唯「革命」是最近這種精神的，而在文學中獨「詩」能顯出她全部的特質來。眞的，這樣美的世界，還有甚麼能比此一境界更高呢？「無所爲而爲」的季候的來到與乎詩的來到，還有甚麼比這一種來臨更動人與更自然的呢？有人向季候索取新綠或成熟；向詩要鼓聲，要指方向的針，這是索要者的事呀！而「季候」或「詩」她們自身卻是全不在意的哩。

窗外的四月正被動植物們索要着陽光，我不知道我的詩能讓讀者們要些甚麼去？祇覺得，這世界委實太美了……在如此美的日月山海之間我生活着而且寫着詩，我需要的是進步……那麼，寫至此，這篇後記就算是請柬吧，邀請朋友們在暇時不吝指教地蒞臨我的「夢土上」，越早越好。

〔附錄二〕

衣鉢後記

「衣鉢」能獲出版，在我的寫詩歷程中是具有重大意義的，因爲，這一輯詩中所收容的作品；前面三個集子都是近一年來所寫的，而最後的「想望」集則是我來臺時（十五年前）最初的作品，在這一頭一尾兩部份作品中卻有一個共同之點，那就是，這些詩把我的鄉國之情表露得特別鮮濃。想不到，這份感情，經過時間愈久則愈發強烈起來，我想今後我會寫出更多這一類詩篇的。

當然，在技巧上，或在意象表現的手法上，近年來的作品是比較完熟一些的，而在「流露得自然」，和「明順樸實」等方面來看，近來的作品則又稍有不殆。這是我把這幾首詩也印出來的原因。

耀基兄和路平兄指導出版，以及楚戈兄在匆迫的時間中繪作了精美的插圖，在此一併謝謝。

〔附錄三〕

鄭愁予詩選集後記

每過些時日，總有些相識與不相識的人問我尋找「夢土上」。坊間既已無存，我手中的孤本還是當年題贈給黃用，而被抛棄在愛荷華又巧讓我撿回來的一本。於是，乃有了重新排印夢書的念頭。後來葉珊主編新潮叢書，想把我數年來積累而未發表的詩與散文合成一集，並安排在叢書的第一輯裏。可是我反覆檢視，覺得那些札記零語，中英文參雜，更易有待，還未到印書的時候。便決定由一個詩選集替代，果如此，「夢土上」也可不必重排了。

「夢」「奴」兩書作品在此大部份納入了，「衣」集只得少許。又重新調整了輯目；又儘量加註了寫作或發表的年份……當然，有些年份是我揣測的。

于愛荷華　一九七三

〔附錄四〕

題目索引

四劃

五劃

六劃

七劃

十劃

十一劃

十二劃

十三劃

十四劃

十五劃

十六劃

254 寫生者　（散文）　席慕蓉　著
255 單身進行式　（小說）　鄭寶娟　著
256 夢遊書　（散文）　簡　媜　著

㉑①	江山有待	(散文)	席慕容 著
㉒②	方向歸零	(散文)	楊牧 著
㉒③	橘子紅了	(小說)	琦君 著
㉒④	象是笨蛋	(小說)	西西 著
㉒⑤	候鳥	(小說)	西西 著
㉒⑥	溫州街的故事	(小說)	李渝 著
㉒⑦	浮世	(小說)	李黎 著
㉒⑧	完整的寓言	(新詩)	楊牧 著
㉒⑨	臺靜農先生紀念文集	(散文)	林文月 編
㉓⓪	永嘉室雜文	(散文)	鄭騫 著
㉓①	生死冤家	(小說)	鍾玲 著
㉓②	捕諜人	(小說)	張系國、平路 著
㉓③	愛廬小品《靈性》	(散文)	黃永武 著
㉓④	愛廬小品《生活》	(散文)	黃永武 著
㉓⑤	愛廬小品《勵志》	(散文)	黃永武 著
㉓⑥	愛廬小品《讀書》	(散文)	黃永武 著
㉓⑦	哀悼乳房	(小說)	西西 著
㉓⑧	酒國	(小說)	莫言 著
㉓⑨	普通的生活	(小說)	鍾曉陽 著
㉔⓪	神話的破滅	(隨筆)	劉大任 著
㉔①	熱的絕滅	(小說)	蘇偉貞 著
㉔②	寂寞的人坐着看花	(新詩)	鄭愁予 著
㉔③	懷抱鮮花的女人	(小說)	莫言 著
㉔④	舊址	(小說)	李銳 著
㉔⑤	疑神	(散文)	楊牧 著
㉔⑥	唐詩選集	(詩集)	楊牧 編
㉔⑦	擬古	(散文)	林文月 著
㉔⑧	她名叫蝴蝶 ——香港三部曲之一	(小說)	施叔青 著
㉔⑨	香魂女	(小說)	周大新 著
㉕⓪	嫁粧一牛車	(小說)	王禎和 著
㉕①	玫瑰玫瑰我愛你	(小說)	王禎和 著
㉕②	夢境與雜種	(小說)	莫言 著
㉕③	冬日之旅	(小說)	顧肇森 著

(194)	紅高粱家族	（小說）	莫　言　著
(195)	現代中國詩選Ⅰ	（新詩）	楊　牧 鄭樹森　編
(195)	現代中國詩選Ⅱ	（新詩）	楊　牧 鄭樹森　編
(196)	現代中國小說選Ⅰ	（小說）	鄭樹森　編
(196)	現代中國小說選Ⅱ	（小說）	鄭樹森　編
(196)	現代中國小說選Ⅲ	（小說）	鄭樹森　編
(196)	現代中國小說選Ⅳ	（小說）	鄭樹森　編
(196)	現代中國小說選Ⅴ	（小說）	鄭樹森　編
(197)	流離	（小說）	蘇偉貞　著
(198)	一首詩的完成	（散文）	楊　牧　著
(199)	哲雁	（小說）	戴文采　著
(200)	遊子魂組曲	（小說）	張系國　著
(201)	天堂蒜薹之歌	（小說）	莫　言　著
(202)	蘋果會微笑	（小說）	袁瓊瓊　著
(203)	來不及長大	（散文）	蘇偉貞　著
(204)	杜鵑啼血	（小說）	劉大任　著
(205)	晚風習習	（小說）	劉大任　著
(206)	花木欄	（散文）	西　西　著
(207)	十三步	（小說）	莫　言　著
(208)	男人的手帕	（隨筆）	張系國　著
(209)	夢與地理	（新詩）	余光中　著
(210)	美麗大廈	（小說）	西　西　著
(211)	哭泣的窗戶 ——八十年代中國大陸小說選6	（小說）	鄭樹森　編
(212)	母魚	（小說）	西　西　著
(213)	這些人那些人	（小說）	鄭寶娟　著
(214)	情愛風塵	（小說）	袁瓊瓊　著
(215)	我們之間	（小說）	蘇偉貞　著
(216)	甜美生活	（小說）	李　昂　著
(217)	剪貼册	（散文）	西　西　著
(218)	耳目書	（散文）	西　西　著
(219)	一生中的一週時光	（小說）	鄭寶娟　著
(220)	過站不停	（小說）	蘇偉貞　著

⑯最後夜車 (小說) 薛 荔 著
⑯記憶像鐵軌一樣長 (散文) 余光中 著
⑯流過的季節 (散文) 曾麗華 著
⑯銀碗盛雪 (新詩) 林燿德 著
⑯飛過火山 (隨筆) 楊 牧 著
⑯橡皮靈魂 (隨筆) 張系國 著
⑰離家出走 (小說) 蘇偉貞 著
⑰月娘照眠牀 (散文) 簡 媜 著
⑰敦煌的唐詩 (評論) 黃永武 著
⑰讀書與賞詩 (隨筆) 黃永武 著
⑰返鄉劄記 (小說) 蕭 颯 著
⑰在溫暖的土地上 (散文) 陳義芝 著
⑰山風海雨 (散文) 楊 牧 著
⑰徐志摩詩選 (新詩) 楊 牧編校
⑰紅高粱 (小說) 西 西 編
——八十年代中國大陸小說選1
⑰閣樓 (小說) 西 西 編
——八十年代中國大陸小說選2
⑱我愛動物 (散文) 琦 君 著
⑱手卷 (小說) 西 西 著
⑱私房書 (札記) 簡 媜 著
⑱龍坡雜文 (散文) 臺靜農 著
⑱天堂鳥花 (小說) 李 黎 著
⑱有風初起 (散文) 黃碧端 著
⑱爆炸 (小說) 西 西 編
——八十年代中國大陸小說選3
⑱第六部門 (小說) 西 西 編
——八十年代中國大陸小說選4
⑱那些不毛的日子 (小說) 施叔青 著
⑱韭菜命的人 (小說) 施叔青 著
⑲厚土 (小說) 李 銳 著
⑲最後一個漁佬兒 (小說) 李杭育 著
⑲沙豬傳奇 (小說) 張系國 著
⑲八月驕陽 (小說) 鄭樹森 編
——八十年代中國大陸小說選5

⒀滄桑	（小說）	袁瓊瓊　著
⒁店仔頭	（散文）	吳　晟　著
⒂水問	（散文）	簡　媜　著
⒃雪的可能	（新詩）	鄭愁予　著
⒄野地百合	（散文）	孟東籬　著
⒅楊喚全集Ⅰ	（詩、散文）	歸　人　編
⒅楊喚全集Ⅱ	（書簡）	歸　人　編
⒆舊愛	（小說）	蘇偉貞　著
⒇飄搖裏	（新詩）	吳　晟　著
⒈吾鄉印象	（新詩）	吳　晟　著
⒉向孩子說	（新詩）	吳　晟　著
⒊茨冠花	（小說）	許台英　著
⒋交流道	（隨筆）	楊　牧　著
⒌生命之歌	（散文）	羅　蘭　著
⒍悠悠藍山	（散文）	夏　菁　著
⒎從簡愛出發	（電影）	王禎和　著
⒏秋陽似酒	（小說）	劉大任　著
⒐管管詩選	（新詩）	管　管　著
⒑字句鍛鍊法	（評論）	黃永武　著
⒒愛妻	（小說）	鍾曉陽　著
⒓午後書房	（散文）	林文月　著
⒔情探	（小說）	施叔青　著
⒕一封未寄的情書	（小說）	李　昂　著
⒖只緣身在此山中	（散文）	簡　媜　著
⒗散文一集	（散文）	木　心　著
⒘吳魯芹散文選	（散文）	齊邦媛　編
⒙異鄉人語	（隨筆）	莊信正　著
⒚鬍子有臉	（小說）	西　西　著
⒛美國月亮	（小說）	曹又方　著
⒜吉陵春秋	（小說）	李永平　著
⒝有人	（新詩）	楊　牧　著
⒞紫荊賦	（新詩）	余光中　著
⒟青色的月牙	（小說）	辛其氏　著
⒠瓊美卡隨想錄	（散文）	木　心　著
⒡像我這樣的一個讀者	（讀書筆記）	西　西　著

⑯陪他一段	(小說)	蘇偉貞 著
⑰不朽者	(小說)	張系國 著
⑱兩個人的事	(小說)	袁瓊瓊 著
⑲流年	(小說)	鍾曉陽 著
⑳周作人文選 I	(散文)	楊 牧 編
⑳周作人文選 II	(散文)	楊 牧 編
㉑有一首歌	(散文)	席慕蓉 著
㉒文人相重	(散文)	吳魯芹 著
㉓愫細怨	(小說)	施叔青 著
㉔她們的眼淚	(小說)	李 昂 著
㉕讓未來等一等吧	(隨筆)	張系國 著
㉖英雄有淚不輕彈	(隨筆)	張系國 著
㉗文學的源流	(評論)	楊 牧 著
㉙山路風來草木香	(散文)	莊 因 著
㉚死了一個國中女生之後	(小說)	蕭 颯 著
㉛像我這樣的一個女子	(小說)	西 西 著
㉜羅門詩選	(新詩)	羅 門 著
㉝水邊	(散文)	許達然 著
㉞歲月的聲音	(散文)	蘇偉貞 著
㉟許地山小說選	(小說)	楊 牧 編
㊱許地山散文選	(散文)	楊 牧 編
㊲凌叔華小說集 I	(小說)	凌叔華 著
㊲凌叔華小說集 II	(小說)	凌叔華 著
㊳老婦人	(小說)	七等生 著
㊴有緣千里	(小說)	蘇偉貞 著
㊵暮雲集	(散文)	吳魯芹 著
㊶詩與美	(評論)	黃永武 著
㊷濱海茅屋札記	(散文)	孟東籬 著
㊸彼岸	(小說)	王 璇 著
㊹船過水無痕	(散文)	王 璇 著
㊺隨鳥走天涯	(散文)	劉克襄 著
㊻完美的丈夫	(小說)	施叔青 著
㊼花季	(小說)	李 昂 著
㊽珍珠船	(評論)	黃永武 著
㊾春水船	(小說)	袁瓊瓊 著

65 禁忌的遊戲	(新詩)	楊　牧　著
66 海岸七疊	(新詩)	楊　牧　著
67 背海的人	(小說)	王文興　著
68 遙遠	(散文)	林文月　著
69 瘂弦詩集	(新詩)	瘂　弦　著
70 中國新詩研究	(評論)	瘂　弦　著
71 大將軍	(小說)	金　兆　著
72 余光中詩選	(新詩)	余光中　著
73 文學的沙田	(散文)	余光中　編
75 自己的天空	(小說)	袁瓊瓊　著
76 美學的散步	(評論)	宗白華　著
77 現代中國散文選 I	(散文)	楊　牧　編
77 現代中國散文選 II	(散文)	楊　牧　編
78 美人圖	(小說)	王禎和　著
79 沙田隨想	(散文)	思　果　著
80 愛情試驗	(小說)	李　昂　著
81 豐子愷文選 I	(散文)	楊　牧　編
81 豐子愷文選 II	(散文)	楊　牧　編
81 豐子愷文選 III	(散文)	楊　牧　編
81 豐子愷文選 IV	(散文)	楊　牧　編
82 年輪	(散文)	楊　牧　著
83 林泠詩集	(新詩)	林　泠　著
84 詩論新編	(評論)	朱光潛　著
85 搜索者	(散文)	楊　牧　著
86 餘年集	(散文)	吳魯芹　著
87 農婦	(散文)	吳　晟　著
88 私念	(散文)	思　果　著
89 曉霧里隨筆	(散文)	思　果　著
90 隔水觀音	(新詩)	余光中　著
91 左殘閒話	(散文)	張拓蕪　著
92 燈景舊情懷	(散文)	琦　君　著
93 澄輝集——古典詩詞初探	(評論)	林文月　著
94 隨意	(散文)	袁瓊瓊　著
95 浮草	(散文)	洪素麗　著

㉛楊牧詩集 Ⅰ：1956-1974	（新詩）	楊 牧 著
㉜文學閒談	（評論）	朱 湘 著
㉝郁達夫南洋隨筆	（隨筆）	秦賢次 編
㉞郁達夫抗戰文錄	（隨筆）	秦賢次 編
㉟皮牧師正傳	（小說）	張系國 著
㊱孔子之死	（小說、評論）	張系國 著
㊲棋王	（小說）	張系國 著
㊳家變	（小說）	王文興 著
㊶與永恒拔河	（新詩）	余光中 著
㊷耶穌的藝術	（評論）	七等生 著
㊸拉丁美洲散記	（小說）	朱 夜 著
㊹梁遇春散文集	（散文）	秦賢次 編
㊺吳鳳	（戲劇）	楊 牧 著
㊻葉公超散文集	（散文）	葉公超 著
㊼鄭愁予詩集 Ⅰ：1951-1968	（新詩）	鄭愁予 著
㊽十五篇小說	（小說）	王文興 著
㊾黃河之水	（小說）	張系國 著
㊿杏莊小品	（散文）	莊 因 著
(52)傳統的與現代的	（評論）	楊 牧 著
(53)文學知識	（評論）	楊 牧 著
(54)唐詩四季	（評論）	吳經熊 著 徐誠斌 譯
(55)春帆依舊在	（報導文學）	王孝廉 著
(56)方令孺散文集	（散文）	李又寧 秦賢次 編
(57)文學的北平	（散文）	梁實秋等著
(58)文學的臺北	（散文）	余光中等著
(59)燕人行	（新詩）	鄭愁予 著
(61)留予他年說夢痕	（散文）	琦 君 著
(61)香格里拉	（小說）	王禎和 著
(62)星雲組曲	（科幻小說）	張系國 著
(63)方思詩集	（新詩）	方 思 著
(64)花與花神	（神話）	王孝廉 著

洪範書店出版書目

①天狼星	（新詩）	余光中 著
②林以亮詩話	（評論）	林以亮 著
③將軍與我	（小說）	朱西甯 著
④香蕉船	（小說）	張系國 著
⑤羅青散文集	（散文）	羅 青 著
⑥姚一葦文錄	（隨筆）	姚一葦 著
⑦小說與戲劇	（評論）	劉紹銘 著
⑧二殘遊記第一集	（小說）	二 殘 著
⑧二殘遊記第二集	（小說）	二 殘 著
⑧二殘遊記第三集	（小說）	二 殘 著
⑨詩和現實	（評論）	陳芳明 著
⑩柏克萊精神	（散文）	楊 牧 著
⑫葉珊散文集	（散文）	楊 牧 著
⑬朱湘文選	（散文、評論）	瘂 弦 編
⑭海外寄霓君	（書信）	朱 湘 著
⑮唐詩散論	（評論）	葉慶炳 著
⑯天城之旅	（隨筆）	張系國 著
⑰歷山手記	（散文）	渡 也 著
⑱戴望舒卷	（文學史科）	瘂 弦 編
⑲劉半農卷	（文學史科）	瘂 弦 編
㉒中國詩學縱橫論	（評論）	黃維樑 著
㉓薔薇學派的誕生	（新詩）	楊 澤 著
㉔袁昌英文選	（散文、評論）	蘇雪林 編
㉕昨日之怒	（小說）	張系國 著
㉖神話午餐	（散文）	也 斯 著
㉗劉半農文選	（散文、評論）	瘂 弦 編
㉘北斗行	（新詩）	楊 牧 著
㉙讀中文系的人	（散文、評論）	林文月 著

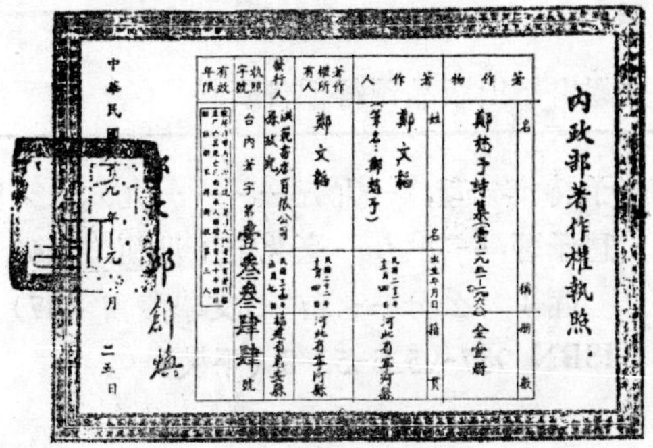

内政部著作權執照

著作物	名	鄭愁予詩集(壹：一九五一—一九六八)	冊數	全壹冊
著作人	姓名	鄭文韜(筆名：鄭愁予)	出生年月日	民國二十二年十二月四日
	籍貫	河北省寧河縣		
著作權所有人		鄭文韜		民國二十二年十二月四日 河北省寧河縣
發行人		洪範書店有限公司 孫玫兒		
執照字號		台內著字第壹叁叁肆肆號		
有效年限				

中華民國六十九年九月二五日

部長 邱創煥

鄭愁予詩集

壹：一九五一——一九六八

洪範文學叢書㊼

著者：鄭愁予
發行人：孫玫兒
出版者：洪範書店有限公司
臺北市廈門街一一三巷一七—一號二樓
臺北郵局六——五三號信箱
三六五七五七七・三六八六七九〇
郵政劃撥：〇一〇七四〇二——〇
行政院新聞局局版臺業字第一四二五號
印刷廠：永裕印刷廠
法律顧問：陳長文（理律法律事務所）
初版：中華民國六十八年九月
五十一印：中華民國八十三年五月

定價180元

ISBN 957-9525-52-8

國立中央圖書館出版品預行編目資料

鄭愁予詩集．壹，一九五一 — 一九六八／鄭愁予著．--初版．--臺北市：洪範，民68

面；　公分．--（洪範文學叢書；47）

ISBN 957-9525-52-8（平裝）

851.486　　81006392

R3

~~180~~

145